KB271437

혈의 누

혈의 누

한국문학산책 43 신소설
혈의 누

지은이 이인직
엮은이 송창현
펴낸이 안용백
펴낸곳 (주)넥서스

초판 1쇄 인쇄 2013년 6월 15일
초판 1쇄 발행 2013년 6월 20일

출판신고 1992년 4월 3일 제311-2002-2호
121-840 서울시 마포구 서교동 394-2
Tel (02)330-5500 Fax (02)330-5555

ISBN 978-89-6790-076-2 04810

www.nexusbook.com
지식의 숲은 (주)넥서스의 인문교양 브랜드입니다.

한국문학산책 43
신소설

이인직

혈의 누

송창현 엮음 · 해설

지식의숲

* 일러두기

1. 시대 분위기와 작가의 개성이 드러나는 문장이나 방언, 속어, 고어 등은 원문 표
   기를 따랐다.

2. 원본 한자는 한글로 바꾸고 작품의 이해에 필요한 경우에만 한자를 병기하였다.

3. 독자들의 이해를 높이기 위해 필요한 경우 괄호 속에 뜻풀이를 달았다.

차 례

혈의 누

청일 전쟁의 총소리는 평양 일경이 떠나가는 듯하더니, 그 총소리가 그치매 사람의 자취는 끊어지고 산과 들에 비린 티끌뿐이라.

평양성 외 모란봉에 떨어지는 저녁볕은 뉘엿뉘엿 넘어가는데, 저 햇빛을 붙들어 매고 싶은 마음에 붙들어 매지는 못하고 숨이 턱에 닿은 듯이 갈팡질팡하는 한 부인이 나이 삼십이 될락 말락하고, 얼굴은 분을 따고 넣은 듯이 흰 얼굴이나 인정 없이 뜨겁게 내리쪼이는 가을볕에 얼굴이 익어서 선앵두빛이 되고, 걸음걸이는 허둥지둥하는데 옷은 흘러내려서 젖가슴이 다 드러나고, 치맛자락은 땅에 질질 끌려서 걸음을 걷는 대로 치마가 밟히니, 그 부인은 아무리 급한 걸음걸이를 하더라도 멀리 가지도 못하고 허둥거리기만 한다.

남이 그 모양을 볼 지경이면 저렇게 어여쁜 젊은 여편네가 술 먹고 한길에 나와서 주정한다 할 터이나, 그 부인은 술 먹었다 하는 말은 고사하고 미쳤다, 지랄한다 하더라도 그따위 소리는 귀에 들리지 아니할 만하더라.

무슨 소회(所懷)가 그리 대단한지 그 부인더러 물을 지경이면 대답할 여가도 없이 옥련을 부르면서 돌아다니더라.

"옥련아 옥련아, 옥련아 옥련아, 죽었느냐 살았느냐, 죽었거든 죽은 얼굴이라도 한 번 다시 만나 보자. 옥련아 옥련아, 살았거든 어미 애를 그만 쓰게 하고 어서 바삐 내 눈에 보이게 하여라. 옥련아, 총에 맞아 죽었느냐, 창에 찔려 죽었느냐, 사람에게 밟혀 죽었느냐. 어리고 고운 살에 가시가 박힌 것을 보아도 어미 된 이 내 마음에 내 살이 지겹게 아프던 내 마음이라. 오늘 아침에 집에서 떠나올 때에 옥련이 내 앞에 서서 아장아장 걸어다니면서, 어머니 어서 갑시다 하던 옥련이 어디로 갔느냐."
하면서 옥련을 찾으려고 골몰한 정신에, 옥련보다 열 갑절 스무 갑절 더 소중하게 생각하는 사람을 잃고도 모르고 옥련만 부르며 다니다가 목이 쉬고 기운이 탈진하여 산비탈 잔디 풀 위에 털썩 주저앉았다가, 혼잣말로 옥련 아버지는 옥련을 찾으려고 저 건너 산 밑으로 가더니 어디까지 갔누, 하며 옥련을 찾던 마음이 홀지에(갑작스럽게) 변하여 옥련 아버지를 기다린다.

기다리는 사람은 아니 오고, 인간 사정은 조금도 모르는 석양은 제 빛 다 가지고 저 갈 데로 가니 산 빛은 점점 먹장을 갈아 붓는 듯이 검어지고 대동강 물소리는 그윽한데, 전쟁에 죽은 더운 송장 새 귀신들이 어두운 빛을 타서 낱낱이 일어나는 듯 내 앞에 모여드는 듯하니, 규중에서 생장한 부인의 마음이라, 무서운 마음에 간이 녹는 듯하여 숨도 크게 쉬지 못하고 앉았는데, 홀연히 언덕 밑에서 사람의 소리가 들리거늘, 그 부인이 가만히 들은즉 길 잃고 사람 잃고 애쓰는 소리라.

"에그, 깜깜하여라. 이리 가도 길이 없고 저리 가도 길이 없으니 어디로 가면 길을 찾을까. 나는 사나이라, 다리 힘도 좋고 겁도 없는 사람이언마는 이러한 산비탈에서 이 밤을 새고 사람을 찾아다니려 하면 이 고생이 이렇게 대단하거든, 겁도 많고 다녀 보지 못하던 여편네가 이 밤에 나를 찾아다니느라고 오죽 고생이 될까."

하는 소리를 듣고 부인의 마음에 난리 중에 피란을 가다가 부부가 서로 잃고 서로 종적을 모르니 살아 생이별을 한 듯하더니 하늘이 도와서 다시 만나 본다 하여 반가운 마음에 소리를 질렀더라.

“여보, 나 여기 있소. 날 찾아다니느라고 얼마나 애를 쓰셨소.”

하면서 급한 걸음으로 언덕 밑으로 향하여 내려가다가 비탈에 넘어져 구르니, 언덕 밑에서 올라오던 남자가 달려들어서 그 부인을 붙들어 일으키니, 그 부인이 정신을 차려 본즉 북두갈고리 같은 농군의 험한 손이 내 손에 닿으니 별안간에 섬뜩한 마음에 소름이 끼치면서 가슴이 덜컥 내려앉고 겁결에 목소리가 나오지 못한다.

그 남자도 또한 난리 중에 제 계집을 찾아다니는 사람인데, 그 계집인즉 피란 갈 때에 팔승 무명을 강풀 한 됫박이나 먹였던지 장작같이 풀 센 치마를 입고 나간 터이요, 또 그 계집은 호미 자루·절굿공이·다듬잇방망이, 그러한 셋궂은(매우 궂은, 매우 거친) 일로 자라난 농군의 계집이라, 그 남자가 언덕에서 소리하고 내려오는 계집이 제 계집으로 알고 붙들었는데, 그 언덕에서 부르던 부인의 손은 명주같이 부드럽고 옷은 십이승 아랫질 세모시 치마가 이슬에 눅었는데, 그 농군은 제 평생에 그런 옷 입은 그런 손길을 만져 보기는 고사하고 쳐다보지도 못하던 위인이러라.

부인은 자기 남편이 아닌 줄 깨닫고 사나이도 제 계집 아닌 줄 알았더라. 부인은 겁이 나서 간이 서늘하고, 남자는 선녀를 만난 듯하여 홍김·겁김에 가슴이 두근거리면서 숨소리는 크고 목소리는 아니 나온다. 그 부인의 마음에, 아까는 호랑이도 무섭고 귀신도 무섭더니 지금은 호랑이나 와서 나를 잡아먹든지 귀신이나 와서 저놈을 잡아가든지 그런 뜻밖의 일을 기다리나, 호랑이도 아니 오고 귀신도 아니 오고, 눈에 보이는 것은 말 못하는 하늘의 별뿐이요, 이 산중에는 죄 없고 힘없는 이내 몸과 저 몹쓸 놈과 단 두 사람뿐이라.

사람이 겁이 나다가 오래되면 악이 나는 법이라. 겁이 날 때는 숨도 크게 못 쉬다가 악이 나면 반벙어리 같은 사람도 말이 물 퍼붓듯 나오는 일도 있는지라.

"여보, 웬 사람이오. 여보, 대답 좀 하오. 여보, 남을 붙들고 떨기는 왜 그리 떠오. 여보, 벙어리요? 도둑놈이오? 도둑놈이거든 내 몸의 옷이나 벗어 줄 터이니 다 가져가오."

그 남자가 못생긴 마음에 어기뚱한(말이나 짓이 남달리 교만하고 담대하여 주제넘은 데가 있다.) 생각이 나서 말 한마디 엄두가 아니 나던 위인이 불같은 욕심에 말문이 함부로 열렸더라.

"여보, 웬 여편네가 이 밤중에 여기 와서 있소? 아마 시집살이 마다고 도망하는 여편네지. 도망꾼이라도 붙들어다가 데리고 살면 계집 없느니보다 날 터이니 데리고 갈 일이로구. 데리고 가기는 나중 일이어니와 내가 어젯밤 꿈에 이 산중에서 장가를 들었더니 꿈도 신통히 맞힌다."

하면서 무지막지한 놈의 행위라 불측한 소리가 점점 심하니, 그 부인이 죽어서 이 욕을 아니 보리라 하는 마음뿐이나, 어느 틈에 죽을 겨를도 없는지라.

생목숨을 버리는 것은 사람이 제일 설워하는 일인데, 죽으려 하여도 죽지도 못하는 그 부인 생각은 어떻다 형용할 수 없는 터이라.

빌어 보면 좋을까 생각하여 이리 빌고 저리 빌고 각색으로 빌어 보니 그놈의 귀에 비는 소리가 쓸데없고 하릴없을 지경이라. 언덕 위에서 웬 사람이 소리를 지르는데 무슨 소린지는 모르나 부인은 그 소리를 듣고 죽었던 부모가 살아온 듯이 기쁜 마음에 마주 소리를 질렀더라.

"사람 좀 살려 주오……."

하는 소리가 아무리 부인의 목소리라도 죽을힘을 다 들여서 지르는 밤소리라 산골이 울리니 언덕 위의 사람이 또 소리를 지른다. 언덕 위와 언덕 밑이 두 간 길이쯤 되나 지척을 불변하는 칠야에 서로 모양도 못 보고 또 서로 말도 못 알아듣는 터이라, 언덕 위의 사람이 총 한 방을 놓으니 밤중의 총소리라, 산이 울리면서 사람이 모여드는데 일본 보초병들이러라. 누구는 겁이 많고 누구는 겁이 없다 하는 말도 알 수 없는 말이라. 세상에 죄 있

는 사람같이 겁 많은 사람은 없고, 죄 없는 사람같이 다기 있는 (담력이 있거나 세다.) 것은 없다. 부인은 총소리에도 겁이 없고 도리어 욕을 면한 것만 천행으로 여기는데, 그 남자는 제가 불측한 마음으로 불측한 일을 바라던 차이라, 총소리를 듣고 저를 죽이러 온 사람으로 알고 달아난다. 밝은 날 같으면 달아날 생각도 못 하였을 터이나, 깜깜한 밤이라 옆으로 비켜서기만 하여도 알 수 없는 고로 종적 없이 달아났더라. 보초병이 부인을 잡아서 앞세우고 가는데 서로 말은 못하고 벙어리가 소를 몰고 가듯 한다.

계엄중 총소리라 평양성 근처에 있던 헌병이 낱낱이 모여들어서 총 놓은 군사와 부인을 데리고 헌병부로 향하여 가니, 그 부인은 어딘지 모르고 가나 성도 보이고 문도 보이는데, 정신을 차려 본즉 평양성 북문이라.

밤은 깊어 사람의 자취도 없고 사면에서 닭은 홰를 치며 울고 개는 여염집 평대문 개구멍으로 주둥이만 내어놓고 짖는다. 닭소리 개소리에 부인의 발이 땅에 떨어지지 못하여 걸음을 멈추고 섰는데, 오장이 녹는 듯하고 눈물이 앞을 가린다. 개는 명물이라 밤사람을 알아보고 반가워 뛰어나오다가 헌병이 칼을 빼어 차려 하니 개가 쫓겨 들어가며 짖으나 사람도 말을 통치 못하거늘 더구나 짐승이야 오죽하겠는가.

"개야, 너 혼자 집을 지키고 있구나. 우리가 피란 갈 때에 너를 부엌에 가두고 나왔더니 어디로 나왔느냐. 너와 같이 집에 있었다면 이러한 일이 생기지 아니하였을 것을 살 곳 찾아가느라고 죽을 길 고생길로 들어갔다. 나는 살아와서 너를 다시 본다마는 서방님도 아니 계시다, 너를 귀애하던 옥련도 없다, 내가 너와 같이 다리 힘이 좋으면 방방곡곡 찾아다닐 터이나, 다리 힘도 없고 세상에 만만하고 불쌍한 것은 여편네라 겁나는 것 많아서 못 다니겠다. 닭도 주인 없는 집에서 혼자 울고, 개도 주인 없는 집에서 혼자 짖는구나. 개야, 이리 나오거라. 나는 어디로 잡혀 가는지 내 발로 걸어가나 내 마음으로 가는 것은 아니다."

헌병이 소리를 질러 가기를 재촉하니 부인이 하릴없이 헌병부로 잡혀가는데 개는 멍멍 짖으며 따라오니 그 개 짖고 나오던 집은 부인의 집이러라.

그날은 평양성에서 싸움이 결말나던 날이요, 성중의 사람이 진저리내던 청인이 그림자도 없이 다 쫓겨나가던 날이요, 철환은 공중에서 우박 쏟아지듯 하고 총소리는 평양성 근처가 다 두려워 빠지고 사람 하나도 아니 남을 듯하던 날이요, 평양 사람이 일병 들어온다는 소문을 듣고 일병은 어떠한지, 임진 난리에 평양 싸움 이야기하며 별 공론이 다 나고 별 염려 다 하던 그 일병이 장마통에 검은 구름 떠들어오듯 성내 성외에 빈틈없이 들어와 박히던 날이라.

본래 평양성 중에 사는 사람들이 청인의 작폐에 견디지 못하여 산골로 피란 간 사람이 많더니, 산중에서는 청인 군사를 만나면 호랑이를 본 것 같고 원수를 만난 것 같다. 어찌하여 그렇게 감정이 사나우냐 할 지경이면, 청인의 군사가 산에 가서 젊은 부녀를 보면 겁탈하고, 돈이 있으면 빼앗아 가고, 제게 쓸데없는 물건이라도 놀부의 심사같이 장난하니, 산에 피란 간 사람은 난리를 한층 더 겪는다. 그러므로 산에 피란 갔던 사람이 평양성으로 도로 피란 온 사람도 많이 있었더라.

그 부인은 평양성 북문 안에 사는데 며칠 전에 산에 피란 갔다가 산에도 있을 수 없고, 촌에 사는 일갓집으로 피란 갔다가 단칸방에서 주인과 손과 여덟 식구가 이틀 밤을 새우고 하릴없이 평양성 내로 도로 온 지가 불과 수일 전이라. 그때 마음에 다시는 죽어도 피란 가지 아니한다 하였더니, 오늘 새벽부터 총소리는 천지를 뒤집어 놓고 사면 산꼭대기들 가운데에 불비가 쏟아지니 밝기를 기다려서 피란길을 떠났는데, 아무것도 가진 것 없고 젊은 내외와 어린 딸 옥련과 단 세 식구 피란이라.

성 중에는 울음 천지요, 성 밖에는 송장 천지요, 산에는 피란꾼 천지라. 어미가 자식 부르는 소리, 서방이 계집 부르는 소리,

계집이 서방 부르는 소리, 이렇게 사람 찾는 소리뿐이라. 어린 아이를 내버리고 저 혼자 달아나는 사람도 있고, 두 내외 손을 맞붙들고 마주 찾는 사람도 있더니, 석양판에는 그 사람이 다 어디로 가고 없던지 보이지 아니하고, 모란봉 아래서 옥련이 부르고 다니는 부인 하나만 남아 있더라.

그 부인의 남편 되는 사람은 나이 스물아홉 살인데, 평양서 돈 잘 쓰기로 이름 있던 김관일이라. 피란길 인해 중에 서로 잃고 서로 찾다가 김관일은 저의 집으로 혼자 돌아와서 그날 밤 빈집에 혼자 있다가 밤중에 개가 하도 몹시 짖거늘 일어나서 대문을 열고 보려 하다가 겁이 나서 열지는 못하고 문틈으로 내다보기도 하였으나 벌써 헌병이 그 부인을 앞세우고 가니, 김관일은 그 부인이 헌병에게 붙들려 가는 줄은 생각 밖이요, 그 부인은 그 남편이 집에 있기는 또한 꿈도 아니 꾸었더라.

김 씨는 혼자 빈집에 있어서 밤새도록 잠들지 못하고 별 생각이 다 난다. 북문 밖 넓은 들에 철환 맞아 죽은 송장과, 죽으려고 숨넘어가는 반송장들은 제각각 제 나라를 위하여 전장에 나와서 죽은 장수와 군사들이라. 죽어도 제 직분이어니와 엎드러지고 곱들어져서 봄바람에 떨어진 꽃과 같이 간 곳마다 발에 밟히고 눈에 걸리는 피란민들은 나라의 운수런가. 제 팔자 기박하여 평양 백성 되었던가. 땅도 조선 땅이요, 사람도 조선 사람이라.

고래 싸움에 새우 등 터지듯이, 우리나라 사람들이 남의 나라 싸움에 이렇게 참혹한 일을 당하는가. 우리 마누라는 대문 밖에 한 걸음도 나가 보지 못한 사람이요, 내 딸은 일곱 살이 된 어린아이라 어디서 밟혀 죽었는가. 슬프다, 저러한 송장들은 피가 시내 되어 대동강에 흘러들어 여울목 치는 소리 무심히 듣지 말지어다. 평양 백성의 원통하고 설운 소리가 아닌가. 무죄히 죄를 받는 것도 우리나라 사람이요, 무죄히 목숨을 지키지 못하는 것도 우리나라 사람이라. 이것은 하늘이 지으신 일이런가. 아마도 사람의 일은 사람이 짓는 것이다. 우리나라 사람이 제 몸만 위하고 제 욕심만 채우려 하고, 남은 죽든지 살든지, 나라가 망하든지 흥하든지 제 벼슬만 잘하여 제 살만 찌우면 제일로 아는 사람들이라.

평안도 백성은 염라대왕이 둘이라. 하나는 황천에 있고, 하나는 평양 선화당에 앉아 있는 감사라. 황천에 있는 염라대왕은 나이가 많고 병들어서 세상이 귀찮게 된 사람을 잡아가거니와, 평양 선화당에 있는 감사는 몸이 성하고 재물이 있는 사람을 낱낱이 잡아가니, 인간 염라대왕으로 집집에 터주까지 겸한 겸관이 되었는지, 고사를 잘 지내면 탈이 없고 못 지내면 온 집안에 동티가 나서 다 죽을 지경이라. 제 손으로 벌어 놓은 제 재물을 마음 놓고 먹지 못하고 천생 타고난 제 목숨을 남에게 매어 놓고 있는 우리나라 백성들을 불쌍하다 하겠거늘, 더구나 남의 나라 사람이 와서 싸움을 하느니 지랄을 하느니, 그러한 서슬에 우리는 패가하고 사람 죽는 것이 다 우리나라가 강하지 못한 탓이라.

오냐, 죽은 사람은 하릴없다. 살아 있는 사람들이나 이후에 이러한 일을 또 당하지 아니하게 하는 것이 제일이다. 제 정신 제가 차려서 우리나라도 남의 나라와 같이 밝은 세상 되고 강한 나라 되어 백성 된 우리들이 목숨도 보전하고, 재물도 보전하고, 각 도 선화당과 각 도 동헌 위에 아귀 귀신 같은 산 염라대왕과 산 터주도 못 오게 하고, 범 같고 곰 같은 타국 사람들이 우리나라에 와서 감히 싸움할 생각도 아니하도록 한 후라야 사람도 사람인 듯싶고 살아도 산 듯싶고, 재물 있어도 제 재물인 듯하리로다.

처량하다, 이 밤이여. 평양 백성은 어디 가서 사생 중에 들었으며, 아귀 같은 염라대왕은 어느 구석에 박혔으며, 우리 처자는 어떻게 되었는고. 우리 내외 금실이 유명하게 좋던 사람이요, 옥련을 남다르게 귀애하던 가정이라. 그러하나 세상에 뜻이 있는 남자가 되어 처자만 구구히 생각하면 나라의 큰일을 못하는지라. 나는 이 길로 천하 각국을 다니면서 남의 나라 구경도 하고 내 공부 잘한 후에 내 나라 사업을 하리라 하고 밝기를 기다려서 평양을 떠나가니, 그 발길 가는 데는 만리타국이라.

그 부인은 일본군 헌병부로 잡혀갔으나, 규중에서 생장한 부인이 그러한 난리 중에 그러한 풍파를 겪었다 하는 말을 듣는 자 누가 불쌍타 하지 아니하리요. 통변(通辯, 통역)이 말을 전하는 대로 헌병장이 고개를 기울이고 불쌍하다 가이없다 하더니, 그 밤에는 군중에서 보호하고 그 이튿날 제 집으로 돌려보내니, 부인은 하룻밤 동안에 세상 풍파를 다 지내고 본집으로 돌아왔더라.

아침 서늘한 기운에 빈집같이 쓸쓸한 것은 없는데 부인이 그 집에 들어와 보더니 처참한 마음이 새로이 나서 이 집구석에서 나 혼자 살아 무엇하리, 하면서 마루 끝에 털썩 걸터앉더니 정신없이 모로 쓰러졌다.

어젯날 피란 갈 때에 급하고 겁나는 마음에 밥도 먹지 아니하고 나섰다가 하룻날 하룻밤에 고생한 일은 인간 중에 나 하나뿐인가 싶은 마음에 배가 고픈지 다리가 아픈지 모르고 지냈더니, 내 집으로 돌아오니 남편도 소식 없고 옥련도 간 곳 없고, 엉성한 네 기둥과 적적한 마루 위에 덧문 척척 닫힌 방을 보고, 이 몸이 앉은 채로 쓰러져 없었으면 좋으련마는, 그렇지 아니하면 무슨 경황에 내 손으로 저 방문을 열고 내 발로 저 방으로 들어갈까 하는 혼잣말을 다 마치지 못하고 정신을 잃었더라.

평상시 같으면 이웃사람도 오락가락하고 방물장수 떡장수도 들락날락할 터인데, 그때는 평양성 중에 살던 사람들이 이번 불 소리에 다 달아나고 있는 것은 일본 군사뿐이라. 그 군사들이 까마귀 떼 다니듯 하며 이 집 저 집 함부로 들어간다.

본래 전시국제공법(戰時國際公法)에, 전장에서 피란 가고 사람 없는 집은 집도 점령하고 물건도 점령하는 법이라. 그런고로 군사들이 빈집을 보면 일삼아 들어간다.

김 씨 집에 들어간 군사들은 마루 끝에 부인이 누워 있는 것을 보고 도로 나갈 뿐이라. 아마도 부인을 구하여 줄 사람은 없었더라. 만일 엄동설한에 하루 동안을 마루에 누웠으면 얼어 죽었을 터이나, 다행히 일기가 더운 때라 종일 정신없이 마루에 누웠으나 관계치 아니하였더라.

밤이 되매 비로소 정신이 나기 시작하는데, 꿈에서 깨고 잠에서 깨듯 별안간에 정신이 난 것이 아니라 모란봉에 안개 걷히듯 차차 정신이 난다. 처음에 눈을 떠서 보니 하늘에는 별이 총총하고, 다시 눈을 둘러보니 우중충한 집에 나 혼자 누웠으니 이곳은 어디며, 이 집은 뉘 집인지, 나는 어찌하여 여기 와서 누웠는지 곡절을 모른다.

차차 본즉 내 집이요, 차차 생각한즉 여기 와서 걸터앉았던 생각도 나고, 어젯밤에 일본 헌병부로 가던 생각도 나고, 총소리에 사람들이 모여들던 생각도 나고, 도둑놈에게 욕을 볼 뻔하던 생각이 나면서 새로이 소름이 끼친다.

정신이 번쩍 나고 없던 기운이 번쩍 나서 벌떡 일어앉았으니, 새로 남편 생각과 옥련이 생각만 난다.

안방에는 옥련이 자는 듯하고, 사랑방에는 남편이 있는 듯하다. 옥련을 부르면 나올 듯하고, 남편을 부르면 대답을 할 것 같다. 어젯날 지낸 일은 정녕 꿈이라, 내가 악몽을 꾸었지, 지금은 깨었으니 옥련을 불러 보리라 하고 안방으로 고개를 두르고 옥련아, 옥련아, 옥련아, 부르다가 소름이 죽죽 끼치고 소리가 점점 움츠러진다. 일어서서 안방 문 앞으로 가니 다리가 덜덜 떨리고 가슴이 두근두근한다. 방문을 왈칵 잡아당기니 방 속에서 벼락 치는 소리가 나며 부인은 외마디 소리를 지르고 주저앉았더라.

어제 아침에 이 방에서 피란을 갈 때는 방 가운데 아무것도 없더니, 오늘 아침에 김관일이 외국에 가려고 결심하고 나갈 때에 무엇을 찾느라고 다락 속, 벽장 속에 있는 세간을 낱낱이 내어놓고 궤도 열어 놓고, 농문도 열어 놓고, 궤짝 위에 농짝도 놓고 농짝 위에 궤짝도 얹었는데, 단정히 놓인 것도 있지마는 곧 내려질 듯한 것도 있었더라. 방문은 무슨 정신에 닫고 갔던지, 방 안의 벽장문, 다락문은 열린 채로 두었더라.

강아지만 한 큰 쥐가 다락에서 나와서 방 안에서 제 세상같이 있다가 방문 여는 소리를 듣고 궤 위에서 방바닥으로 내려 뛰는데, 그 궤가 안동하여(사람을 따르게 하거나 물건을 지니고 가다.) 떨어지니, 그 궤는 옥련의 궤라 조개껍데기도 들고, 서양철 조각도 들고, 방울도 들고, 유리병도 들었느니, 그 궤가 떨어질 때는 소리가 조용치는 못하겠으나 부인이 접결에 들은즉 벼락 치는 소리같이 들렸더라.

부인이 정신을 차려서 당성냥을 찾으려고 방 안으로 들어가니, 발에 걸리고 몸에 부딪치는 것이 무엇인지 무서운 마음에 도로 나와서 마루 끝에 앉았더라. 이 밤이 초저녁인지 밤중인지 샐 녘인지 모르고 날 새기만 기다리는데, 부인의 마음에는 이 밤이 샐 때가 되었거니 하고 동편 하늘만 바라보고 있더라.

두 날개 탁탁 치며 꼬끼오 우는 소리는 첫닭이 분명한데 이 밤 새우기는 참 어렵도다. 그렇게 적적한 집에 그 부인이 혼자 있어서 하루, 이틀, 열흘, 보름을 지낼수록 경황없고 처량한 마음이 조금도 감하지 아니한다. 감하지 아니할 뿐 아니라 날이 갈수록 심란한 마음이 깊어 가더라. 그러면 무슨 까닭으로 세상에 살아 있는고. 한 가지 일을 기다리고 죽기를 참고 있었더라.

피란 갔던 이튿날 방 안에 세간이 늘어 놓인 것을 보고 남편이 왔던 자취를 알고 부인의 마음에는 남편이 옥련과 나를 찾아다니다가 찾지 못하고 집에 돌아와서 보고 또 찾으러 간 줄로 알고, 그 남편이 방향 없이 나서서 오죽 고생을 할까 싶은 마음에 가엾으면서 위로가 되더니, 그날 해가 지고 저무니 남편이 돌아올까 기다리는 마음에 대문을 닫지 아니하고 앉아 밤을 새웠더라. 그 이튿날 또 다음 날을, 날마다 밤마다 때마다 기다리는데, 사람의 소리가 들리면 뛰어나가 보고 개가 짖으면 쫓아가서 본다.

고대하던 마음은 진하고 단망하는 마음이 생긴다. 어느 곳에서 사람이 많이 죽었다 하는 소문이 있으면 남편이 거기서 죽은 듯하고, 어느 곳에서는 어린아이가 죽었다는 말이 들리면 내 딸 옥련이 거기서 죽은 듯하다.

남편이 살아오거니 하고 고대할 때는 마음을 붙일 곳이 있어서 살아 있었거니와, 죽어서 못 오거니 하고 단망하니 잠시도 이 세상에 있기가 싫다.

부인이 죽기로 결심하고 대동강 물에 빠져 죽을 차로 밤이 되기를 기다려 강가로 향하여 가니, 그때는 구월 보름이라 하늘은 씻은 듯하고 달은 초롱같다. 은가루를 뿌린 듯한 백사장에 인적은 끊어지고 백구는 잠들었다. 부인이 탄식하여 가로되,

"달아 물어보자. 너는 널리 보리로다. 낭군이 소식 없고 옥련은 간 곳 없다. 이 세상에 있으면 집을 찾아왔으련만 일거 무소

식하니 북망객이 됨이로다. 이 몸이 혼자 살면 일평생 근심이요, 이 몸이 죽었으면 이 근심 모르리라. 십오 년 부부 정과 일곱 해 모녀 정이 어느 때 있었던지 지금은 꿈같도다. 꿈같은 이 내 평생 오늘날뿐이로다. 푸르고 깊은 물은 갈 길이 저기로다."

이러한 탄식을 마치매 치마를 걷어잡고 이를 악물고 두 눈을 딱 감으면서 물에 뛰어내리니, 그 물은 대동강이요 그 사람은 김관일의 부인이라. 물 아래 뱃나들이에 한 거룻배가 비꼈는데, 그 배 속에서 사공 하나와 평양성 내에 사는 고장팔이라 하는 사람과 단둘이 달밤에 밤윷(작은 밤알을 쪼갠 조각만큼씩 되게 만든 윷짝. 또는 밤에 하는 윷놀이)을 노는데, 그 사공과 고가는 각 어미 자식이나 성정은 어찌 그리 똑같던지, 사공이 고가를 닮았는지, 고가가 사공을 닮았는지, 벌어먹는 길만 다르나 일만 없으면 두 놈이 함께 붙어 지낸다.

무엇을 하느라고 같이 붙어 지내는고. 둘 중에 하나만 돈이 있으면 서로 꾸어 주며 투전을 하고, 둘이 다 돈이 없으면 담배 내기 밤윷이라도 아니 놀고는 못 견딘다. 하루 밥을 굶어라 하면 어렵게 여기지 아니하나, 하루 노름을 하지 말라 하면 병이 날 듯한 놈들이라. 그 밤에도 고가가 사공을 찾아가서 단둘이 밤윷을 놀다가 물 위에서 이상한 소리가 들리나 윷에 미쳐서 정신을 모르다가, 물 위에서 웬 사람이 떠내려오다가 배에 걸려서

허덕거리는 것을 보고 급히 뛰어내려서 건진즉 한 부인이라. 본래 부인이 높은 언덕에서 뛰어내렸다면 물이 깊고 얕고 간에 살기가 어려웠을 터이나, 모래톱에서 물로 뛰어 들어가니 그 물이 한두 자 깊이가 될락말락한 물이라. 물이 낮아 죽지 아니하였으나 부인은 죽을 마음으로 빠진 고로 얕은 물이라도 죽을 작정만 하고 드러누우니 얼른 죽지는 아니하고 물에 떠서 내려가다가 배에 있던 사람에게 구원한 것이 되었더라.

화약 연기는 구름에 비 묻어 다니듯이 평양의 총소리가 의주로 올라가더니 백마산에는 철환 비가 오고 압록강에는 송장으로 다리를 놓는다.

평양은 난리가 평정되고 의주는 새로 난리를 만났으니 가령 화재 만난 집에서 안방에는 불을 잡았으나 건넌방에는 불이 붙는 격이라. 안방이나 건넌방이나 집은 한집이건만, 안방 식구는 제 방에만 불 꺼지면 다행으로 안다. 의주서는 피비 오는데 평양성 중에는 차차 웃음소리가 난다. 피란 가서 어느 구석에 숨어 있던 사람들이 모여들어서 성 중에는 옛 모양이 돌아온다.

집집에 걸어 닫혔던 대문이 열리고, 골목골목 사람의 자취가 없던 곳에 사람이 오락가락하고, 개 짖고 연기 나는 모양이 세상은 평화로운 듯하나, 북문 안의 김관일 집은 대문이 닫힌 대로 있고 그 집 문간에는 사람이 와서 찾는 자도 없었더라. 하루는 어떤 노인이 부담말(옷이나 책 같은 물건을 담는 자그마한 농짝을 말 잔등에 올려 그 위에 사람에 함께 타도록 꾸민 말)을 타고 오다가 김 씨 집 앞에서 말에서 내리더니, 김 씨 집 대문을 흔들어 본즉 문이 걸리지 아니하였거늘 안으로 들어가더니 나와서 이웃집에 말을 묻는다.

"여보, 말 좀 물어봅시다. 저 집이 김관일, 김 초시 집이오?"

"네, 그 집이오, 그 집에 아무도 없나 보오."

"나는 김관일의 장인 되는 사람인데, 내 사위는 만나 보았으나 내 딸과 외손녀는 피란 갔다가 집에 찾아왔는지 아니 왔는지 몰라서 내가 여기까지 온 길이러니, 지금 그 집에 들어가서 본즉 아무도 없기로 궁금하여 묻는 말이오."

"우리도 피란 갔다가 돌아온 지가 며칠 되지 아니하였으니 이웃집 일이라도 자세히 모르겠소."

노인이 하릴없이 다시 김 씨 집에 들어가서 자세히 살펴보니 사람은 난리를 만나 도망하고 세간은 도둑을 맞아서 빈 농짝만 남았는데, 벽에 언문 글씨가 있으니, 그 글씨는 김관일 부인의 필적인데, 대동강 물에 빠져 죽으려고 나가던 날의 세상 영결하는 말이라.

노인이 그 필적을 보고 놀랍고 슬픈 마음을 진정하지 못하였더라.

　그 노인은 본래 평양성 내에서 살던 최 주사라 하는 사람인데 이름은 항래라. 십 년 전에 부산으로 이사하여 크게 장사를 했는데, 그때 나이 오십이라. 재산은 유여하나 아들이 없어서 양자를 하였더니 양자는 합의치 못하고, 소생은 딸이 하나 있으나 그 딸을 편애할 뿐 아니라 그 딸을 기를 때에 최 주사가 애쓰고 마음을 상하면서 길러 낸 딸이요, 눈살 맞고 자라난 딸인데, 그 딸인즉 김관일의 부인이라.

　최 씨가 그 딸을 기를 때의 일을 말하자면 소진의 혀(중국 전국 시대의 소진과 같이 말을 썩 잘하는 웅변가의 혀, 즉 말을 아주 잘하는 사람을 뜻하는 말)를 두셋씩 이어 놓고 삼사월 긴긴 해를 몇씩 포개 놓을지라도 다 말할 수 없는 일이러라. 그 부인의 이름은 춘애라. 일곱 살에 그의 모친이 돌아가고 계모에게 길렸는데, 그 계모는 부인 범절에는 사사이 칭찬 듣는 사람이나 한 가지 결점이 있으니, 그 흠절은 전실 소생 춘애에게 몹시 구는 것이라. 세간 그릇 하나라도 전실 부인이 쓰던 것이면 무당 불러서 불살라 버리든지 깨뜨려 버리든지 하여야 속이 시원하여지는 성정이라. 그러한 계모의 성정에 사르지도 못하고 깨뜨리지도 못할 것은 전실 소생 춘애라. 최 씨가 그 딸을 옥같이 사랑하고 금같이 귀애하나 그 후취 부인이 보는 때 조금이라도 귀애하는 모양을 보이면 춘애는 그 계모에게 음해를 받을 터이라. 그런고로 최 주사가 그 딸을 칭찬하고 싶은 때도 계모가 보는 데서는 꾸짖고 미워하는 상을 보이는 일도 많다.

그러면 최 주사가 그 후취 부인에게 쥐여 지내느냐 할 지경이면 그렇지도 아니하다.

그 후취 부인은 죽어 백골 된 전실에게 투기하는 마음 한 가지만 아니면 아무 흠절이 없으니, 그러한 부인은 쇠사슬로 신을 삼아 신고 그 신이 날이 나도록 조선 팔도를 다 돌아다니더라도 그만한 아내는 얻기가 어렵다 하는 집안의 공론이라. 최 씨가 후취 부인과 금실도 좋고 전취 소생 춘애도 사랑하니, 춘애를 위하여 주려 하면 후실 부인의 뜻을 맞추어 주는 일이 상책이라. 춘애가 어려서부터 총명하고 눈치가 빠르기로는 어린아이로 볼 수가 없다. 계모에게 따르기를 생모같이 따르면서 혼자 앉으면 눈물을 씻고 죽은 어머니를 생각하더라. 춘애가 그러한 고생을 하고 자라나서 김관일의 부인이 되었는데, 최 씨는 그 딸을 출가한 딸로 여기지 아니하고 젖 먹이는 딸과 같이 안다.

평양의 난리 소문이 다른 사람 듣기에는 이웃집에 초상났다는 소문과 같이 심상히 들리나, 부산 사는 최항래, 즉 최 주사의 귀에는 소름이 끼치도록 놀랍고 심려되더니, 하루는 그 사위 김관일이 부산 최 씨 집에 와서 난리 겪은 말도 하고, 외국으로 공부하러 가고자 하는 목적을 말하니, 최 씨가 학비를 주어서 외

국에 가게 하고, 최 씨는 그 딸과 외손녀의 생사를 자세히 알고
자 하여 평양에 왔더니, 딸이 대동강 물에 빠져 죽을 차로 벽상
에 회포를 쓴 것을 보니 그 딸 기를 때의 불쌍하던 마음이 새로
이 나서, 일곱 살에 저의 어머니 죽을 때에 죽은 어미의 뺨에 대
고 울던 모양도 눈에 선하고, 계모의 눈살을 맞아서 주눅이 들
던 모양도 눈에 선하고, 자기가 부산 갈 때에 부녀가 다시 만나
보지 못하는 듯이 낙루하며 작별하던 모양도 눈에 선한 중에 해
는 점점 지고 빈집에 쓸쓸한 기운은 날이 저물수록 형용하기 어
렵더라.

최 씨가 데리고 온 하인을 부르는데 근력 없는 목소리로,

"이애 막동아, 부담 떼서 안마루에 갖다 놓아라."

"말은 어디 갖다 매오리까?"

"마방집에 갖다 매어라."

"소인은 어디서 자오리까?"

"마방집에 가서 밥이나 사서 먹고 이 집 행랑방에서 자거라."

"나리께서도 무엇을 좀 사다가 잡숫고 주무시면 좋겠습니
다."

"나는 술이나 먹겠다. 부담에 달았던 술 한 병을 떼어 오고 찬
합만 끌러 놓아라. 혼자 이 방에 앉아 술이나 먹다가 밤새거든
새벽길 떠나서 도로 부산으로 가자. 난리가 무엇인가 하였더니

당하여 보니 인간에게 지독한 일이 난리로구나. 내 혈육은 딸 하나, 외손녀 하나뿐이려니 와서 보니 이 모양이로구나. 막동아, 너같이 무식한 놈더러 쓸데없는 말 같지마는 이후에는 자손을 보존하고 싶은 생각이 있거든 나라를 위하여라. 우리나라가 강하였다면 이 난리가 아니 났을 것이다. 세상 고생은 다 시키고 길러 낸 내 딸자식, 나는 젊고 무병하건마는 난리에 죽었구나. 역질 홍역 다 시키고 잔주접 다 떨어 놓은 외손녀도 난리 중에 죽었구나.”

“나라는 양반님네가 다 망하여 놓으셨지요. 상놈들은 양반이 죽이면 죽었고, 때리면 맞았고, 재물이 있으면 양반에게 빼앗겼고, 계집이 어여쁘면 양반에게 빼앗겼으니, 소인 같은 상놈들은 제 재물, 제 계집, 제 목숨 하나를 위할 수가 없이 양반에게 매였으니, 나라 위할 힘이 있습니까. 입 한 번을 잘못 놀려도 죽일 놈이니 살릴 놈이니, 오금을 끊어라 귀양을 보내라 하는 양반님 서슬에 상놈이 무슨 사람값에 갔습니까. 난리가 나도 양반의 탓이올시다. 청일 전쟁도 민영춘이란 양반이 청인을 불러왔답니다. 나리께서 난리 때문에 따님 아씨도 돌아가시고 손녀 아기도 죽었으니 그 원통한 귀신들이 민영춘이라는 양반을 잡아갈 것이올시다.”

하면서 말이 이어 나온다. 본래 그 하인은 주제넘다고 최 씨 마음에 불합하나, 이번 난리 중 험한 길에 사람이 똑똑하다고 데리고 나섰더니 이러한 심난 중에 주제넘고 버릇없는 소리를 함부로 하니 참 난리 난 세상이라. 난리 중에 꾸짖을 수도 없고 근심 중에 무슨 소리든지 듣기도 싫은 고로 돈을 내어주며 하는 말이, 막동아 너도 나가서 술이나 싫도록 먹어라. 홧김에 먹고 보자 하니 막동이는 밖으로 나가고, 최 씨는 혼자 술병을 대하여 팔자 한탄하다가 술 한 잔 먹고, 세상 원망하다가 술 한 잔 먹고, 딸 생각이 나도 술 한 잔 먹고, 외손녀 생각이 나도 술 한 잔 먹고, 술이 얼근하게 취하더니 이 생각 저 생각 없이 술만 먹다가 갓을 쓴 채로 목침을 베고 드러누웠더니 잠이 들면서 꿈을 꾸었더라.

모란봉 아래서 딸과 외손녀를 데리고 피란을 가다가 노략질꾼 도둑을 만나서 곤란을 무수히 겪다가 딸이 도둑을 피하여 가느라고 높은 언덕에서 떨어져 죽는 것을 보고 최 씨가 도둑놈을 원망하여 도둑놈을 때려죽이려고, 지팡이를 들고 도둑을 때리니, 도둑놈이 달려들어 최 씨를 마주 때리거늘, 최 씨가 넘어져서 일어나려고 애를 쓰는데 도둑놈이 최 씨를 깔고 앉아서 멱살을 쥐고 칼을 빼니 최 씨가 숨을 쉴 수가 없어 일어나려고 애를 쓰니 최 씨가 분명 가위를 눌린 것이다.

곁에서 사람이 최 씨를 흔들며 아버지 여기를 어찌 오셨소,

아버지, 아버지 하는 소리에 깜짝 놀라 깨치니 남가일몽이라. 눈을 떠서 자세히 본즉 대동강 물에 빠져 죽으려고 벽상에 회포를 써서 붙였던 딸이 살아온지라, 기쁜 마음에 정신이 번쩍 나서 생각한즉 이것도 꿈이 아닌가 의심난다.

"이애, 네가 죽으려고 벽상에 유언을 써서 놓은 것이 있더니 어찌 살아왔느냐. 아까 꿈을 꾸니 네가 언덕에서 떨어져 죽었더니 지금 너를 보니 이것이 꿈이냐, 그것이 꿈이냐? 이것이 꿈이거든 이 꿈을 이대로 깨지 말고 십 년, 이십 년이라도 이대로 지내면 그 아니 좋겠느냐."

하는 말이 최 씨 생각에는 그 딸을 만나 보는 것이 정녕 꿈같고 그 딸이 참 살아온 사기는 자세히 모른다.

원래 최 씨 부인이 물에 빠져 떠내려갈 때에 뱃사공과 고장팔에게 구한 바 되었는데, 장팔의 모와 장팔의 처가 부인을 교군에 태워서 저희 집으로 모시고 가서 수일을 극진히 구원하였다가 부인이 차차 완인(完人)이 되매 그날 밤 들기를 기다려서 부인이 장팔의 모를 데리고 집에 돌아온 길이라. 장팔의 모는 길가에서 무엇을 사가지고 들어온다 하고 뒤떨어졌는데, 부인은 발씨 익은 내 집이라 앞서서 들어온즉 안마루에 부담 상자도 있고 안방에는 불이 켜서 밝은지라. 이전 마음 같으면 부인이 방문을 감히 열지 못하였을 터이나 별 풍상 다 지내고 지금은 겁나는 것도 없고 무서운 것도 없는지라, 내 집 내 방에 누가 와서 들어앉았는가 생각하면서 서슴지 아니하고 방문을 열어 보니 웬 사람이 자다가 가위를 눌려서 애를 쓰는 모양인데, 자세히 본즉 자기의 부친이라. 부인이 그때에 부친을 만나니 반가운 마음에 아무 말도 아니하고 나오느니 울음뿐이라.

뒤떨어졌던 고장팔의 모가 들어오면서 덩달아 운다.

"에그, 나리 마님이 이 난리 중 여기 오셨네. 알 수 없는 것은 세상일이올시다. 나리께서 부산으로 이사 가실 때에 할미는 늙은 것이라 살아서 다시 나리께 뵙지 못하겠다 하였더니 늙은 것은 살았다가 또 뵈옵는데, 어린 옥련 애기와 젊으신 서방님은 어디 가서 돌아가셨는지 나리 오신 것을 못 만나 뵈네."
하는 말은 속에서 솟아 나오는 인정이라. 그 노파가 인정이 있을 만도 한 사람이라.

고장팔의 모가 본래 최 씨 집 종인데 삼십 전부터 드난(임시로 남의 집 행랑에 붙어 살면서 그 집의 일을 도와주는 고공살이)은 아니하나 최 씨의 덕으로 살다가 최 씨가 이사 갈 때에 장팔의 모는 상전을 따라가고자 하나 장팔이 노름꾼으로 최 씨의 눈 밖에 난 놈이라 최 씨를 따라가지 못하고 끈 떨어진 뒤웅박같이 평양에 있었더니, 이번에는 노름 덕으로 대동강 배 안에서 밤잠 아니 자고 있다가 최 씨 부인을 구하여 살렸으니, 장팔이 지금은 노름하는 칭찬도 들을 만하게 되었더라.

최 씨 부인이 그 부친에게 남편 김 씨가 외국으로 유학하러 갔다는 말을 듣고 만 리의 이별은 섭섭하나 난리 중에 목숨을 보전한 것만 천행으로 여겨서, 부친이 말하는 입을 쳐다보면서 눈에는 눈물이 가득하나 얼굴에는 기쁜 빛을 띠더라.

"이애 김집아, 네 집은 외무주장(外務主張, 집안에 살림살이를 맡아서 할 만한 남자가 없음)하니 여기서 고단하여 살 수 없을 것이니 나를 따라 부산으로 내려가서 내 집에 같이 있으면 좋지 아니하겠느냐."

"내가 물에 빠져 죽으려 하기는 가장이 죽은 줄로 생각하고 나 혼자 세상에 살아 있기가 싫은 고로 대동강에 빠졌더니, 사람에게 건진 바 되어 살아 있다가 가장이 살아서 외국에 유학하러 갔다는 소식을 들었으니 나는 이 집을 지키고 있다가 몇 해 후가 되든지 이 집에서 다시 가장의 얼굴을 만나 보겠으니, 아버지께서는 딸 생각 마시고 딸 대신 사위의 공부나 잘하도록 학비나 잘 대어 주시기를 바라나이다. 나는 이 집에서 장팔의 어미를 데리고 박토(메마른 땅) 마지기에서 도지섬 받는 것 가지고 먹고 있겠소. 그러나 옥련이 있다면 위로가 될걸, 허구한 세월을 어찌 기다리나."

하는 소리에 최 주사가 흉격이 막히나 다사(多事)한 사람이 오래 있을 수 없는 고로 수일 후에 부산으로 내려가고 최 씨 부인은 장팔의 어미를 데리고 있으니 행랑에는 늙은 과부요, 안방에는 젊은 생과부가 있어서 김 씨가 오기만 기다리고 세월 가기만 기다린다. 밤에는 밤이 길고 낮에는 낮이 긴데 그 밤과 낮을 모아 달이 되고 해가 되니, 천하에 어려운 것은 사람 기다리는 것이라. 부인의 생각에는 인간의 고생이 나 하나뿐인 줄로 알고 있건마는, 그보다 더 고생하는 사람이 또 있으니, 그것은 부인의 딸 옥련이라.

당초에 옥련이 피란 갈 때에 모란봉 아래서 부모가 간 곳 모르고 어머니를 부르면서 발을 동동 구르다가 난데없는 철환(鐵丸) 한 개가 넘어오더니 옥련의 왼편 다리에 박혀 넘어져서 그날 밤을 그 산에서 목숨이 붙어 있었더니, 그 이튿날 일본 적십자 간호사가 보고 야전 병원으로 실어 보내니 군의(軍醫)가 본즉 중상은 아니라. 철환이 다리를 뚫고 나갔는데 군의 말이, 만일 청인의 철환을 맞았으면 철환에 독한 약이 섞인지라 맞은 후에 하룻밤을 지냈으면 독기가 몸에 많이 퍼졌을 터이나, 옥련이 맞은 철환은 일인의 철환이라 치료하기 대단히 쉽다 하더니, 과연 삼 주일이 못 되어서 완연히 평일과 같은지라. 그러나 옥련은 갈 곳이 없는 아이라, 병원에서 옥련의 집을 물은즉 평양 북문 안이라 하니 병원에서 옥련이 나이가 어리고 또한 정경을 불쌍케 여겨서 통사(通事, 통역)를 안동하여 옥련의 집에 가서 보라 한즉, 그때는 옥련의 모친이 대동강 물에 빠져 죽으려고 벽상에 그 사정을 써서 붙이고 간 후라, 통변이 그 글을 보고 옥련을 불쌍히 여겨서 도로 데리고 야전 병원으로 가니, 군의 이노우에(井上) 소좌가 옥련의 정경을 불쌍히 여기고 옥련의 자품(사람 된 바탕과 타고난 성품)을 기이하게 여겨 통변을 세우고 옥련의 뜻을 묻는다.

"이애, 너의 아버지와 어머니가 어디로 간지 모르냐?"

"……."

"그러면 네가 내 집에 가서 있으면 내가 너를 학교에 보내어 공부하도록 하여 줄 것이니, 네가 공부를 잘하고 있으면 내가 아무쪼록 너의 나라에 탐지하여 너의 부모가 살았거든 너의 집으로 곧 보내 주마."

"우리 아버지, 어머니가 살아 있는 줄을 알고 나를 도로 우리 집에 보내 줄 것 같으면 아무 데라도 가고, 아무것을 시키더라도 하겠소."

"그러면 오늘이라도 인천으로 보내서 어용선을 타고 일본으로 가게 할 것이니, 내 집은 일본 오사카라. 내 집에 가면 우리 마누라가 있는데, 아들도 없고 딸도 없으니 너를 보면 대단히 귀애할 것이니 너의 어머니로 알고 가서 있거라."

하면서 귀국하는 병상병(病傷兵)에게 부탁하여 일본 오사카로 보내니, 옥련이 교군 바탕을 타고 인천까지 가서 인천서 유선을 타니, 등 뒤에는 부모 소식이 묘연하고 눈앞에는 타국 산천이 생소하다.

만일 용렬한 아이가 일곱 살에 난리 피란을 가다가 부모를 잃었으면 어미, 아비만 생각하고 낯선 사람이 무슨 말을 물으면 눈물이 비죽비죽하고 주접이 덕지덕지하고 묻는 말을 대답도 시원히 못 할 터이나, 옥련은 어디 그러한 영리하고 숙성한 아이가 있었던지 혼자 있을 때는 부모 보고 싶은 마음에 죽을 듯하나 사람을 대할 때는 어찌 그리 천연하던지, 부모 생각하는 기색이 조금도 없더라. 옥련의 얼굴은 옥을 깎아서 연지분으로 단장한 것 같다.

옥련의 부모가 옥련의 이름 지을 때에 옥련의 모양과 같이 아름다운 이름을 짓고자 하여 내외 공론이 무수하였더라. 옥같이 희다 하여 옥이라고 부르는 사람은 옥련의 모친이요, 연꽃같이 번화하다 하여 연화라고 부르는 사람은 옥련의 부친이라.

그 아이의 이름을 짓던 날은 의논이 부산하다가 구화담판이 되듯 옥 자, 련 자를 합하여 옥련이라고 지은 이름이라. 부모 된 사람이 제 자식 귀애하는 마음에 혹 시꺼먼 괴석 같은 것도 옥같이 보는 일도 있고, 누렁퉁이나 호박꽃같이 생긴 것도 연꽃같이 보이는 일도 있기는 있지마는, 옥련이 같은 아이는 옥련의 부모의 눈에만 그렇게 아름다운 것이 아니라 어떠한 사람이든지 칭찬 아니하는 사람이 없고, 또 자식 없는 사람이 보면 빼앗아 갈 것같이 탐을 내서 하는 말에, 옥련을 잡아가서 내 딸이 될 것 같으면 벌써 잡아갔겠다 하는 사람이 무수하였더라.

그러하던 옥련이 부모를 잃고 만리타국으로 혼자 가니, 배 안에 들어 있는 사람들은 소일조로 옥련의 곁에 모여들어서 말 묻는 사람도 있고, 조선말을 하지 못하는 사람들은 행중에서 과자를 내어주니, 어린아이가 너무 괴롭고 성이 가실 만하련마는 옥련은 천연할 뿐이라.

만 리 창해에 살같이 빠른 배가 인천서 떠난 지 나흘 만에 오사카에 다다르니, 오사카에서 내릴 선객들은 각기 제 행장을 수습하여 삼판에 내려가느라고 분요하나 옥련은 행장도 없고 몸은 하나뿐이라 혼자 가만히 앉았으니, 어린 소견에도 별생각이 다 난다.

'남은 다 제 집에 찾아가건마는 나는 뉘 집으로 가는 길인고. 남들은 일이 있어서 오사카에 오는 길이거니와 나 혼자 일없이 타국에 가는 사람이라. 편지 한 장을 품에 끼고 가는 집이 뉘 집인고. 이 편지를 볼 사람은 어떠한 사람이며, 이내 몸을 위하여 줄 사람은 어떠한 사람인가. 딸을 삼거든 딸 노릇을 하고, 종을 삼거든 종노릇을 하고, 고생을 시키거든 고생도 참을 것이요, 공부를 시키거든 일시라도 놀지 않고 공부만 하여 볼까.'

이런 생각 저런 생각, 생각만 하느라고 시름없이 앉았더니, 평양서부터 동행하던 병정이 옥련을 부르는데, 말을 서로 알아듣지 못하는 고로 눈치로 알아듣고 따라 내려가니, 그 병정은 평양 싸움에 오른편 다리에 총을 맞고 옥련과 같이 야전 병원에서 치료하던 사람인데, 철환이 신경맥을 상한 고로 치료한 후에 그 다리가 불편하여 몽둥이에 의지하여 겨우 걸어 다니는지라. 그 병정은 앞에 서서 내려가는데, 옥련이 뒤에 서서 보다가 하는 말이, 나도 다리에 총 맞았던 사람이라. 내가 만일 저 모양이 되었더라면 자결하여 죽는 것이 편하지 살아서 쓸데 있나, 하는 소리를 옥련의 말 알아듣는 사람이 없으니, 그런 말은 못 듣는 것이 좋건마는, 좋은 마디는 그뿐이라. 옥련이 제일 답답한 것은 서로 말 모르는 것이라. 벙어리가 심부름하듯 옥련은 병정이 손짓하는 대로만 따라간다.

옥련의 눈에는 모두 처음 보는 것이라. 항구에는 돛배가 삼대 들어서듯 하고, 저잣거리에는 이층, 삼층집이 구름 속에 들어간 듯하고, 지네같이 기어가는 기차는 입으로 연기를 확확 뿜으면서 배는 천동 지동하듯 구르며 풍우같이 달아난다. 넓고 곧은길에 갔다왔다하는 인력거 바퀴 소리에 정신이 없는데, 병정이 인력거 둘을 불러서 저도 타고 옥련도 태우니 그 인력거들이 살 같이 가는지라. 옥련이 길에서 아장아장 걸을 때에는 인해 중에 넘어질까 조심되어 아무 생각이 없더니, 인력거 위에 올라앉으매 새로이 생각만 난다.

'인력거야, 천천히 가고지고. 이 길만 다 가면 남의 집에 들어가서 밥도 얻어먹고, 옷도 얻어 입고, 마음도 불안하고, 몸도 불편할 터이로구나. 인력거야, 어서 바삐 가고지고. 궁금하고 알고자 하는 일은 어서 바삐 눈으로 보아야 시원하다. 가품 좋고 인정 있는 사람인지, 집안에서 찬 기운 나고 사람에게서 독기가 똑똑 떨어지는 집이나 아닌지. 내 운수가 좋으려면 그 집 인심이 좋으련마는 조실부모하고 만리타국에 유리하는 내 운수에……..'

그러한 생각에 눈물이 비 오듯 하며 흑흑 느끼어 우는데 인력거는 벌써 이노우에 군의 집 앞에 와서 내려놓는데, 옥련이 인력거 그치는 것을 보고 이것이 이노우에 군의 집인가 짐작하고 조심되는 마음에 작은 몸이 더욱 작아진 듯하다.

슬픈 생각도 한가한 때를 타서 나는 것이다. 눈물이 뚝 그치고 아니 나온다. 옥련이 눈을 이리 씻고 저리 씻고 부산히 씻는 중에 앞에 섰던 인력거꾼이 무슨 소리를 지르매 계집종이 나와서 문간방에 꿇어앉아서 공손히 말을 물으니 병정이 두어 말 하매 종이 안으로 들어가더니 다시 나와서 병정더러 들어오라 하니, 병정이 옥련을 데리고 이노우에 군의 집 안으로 들어갔다.

병정은 이노우에 부인을 대하여 군의 소식을 전하고 옥련의 사기를 말하고 전지(戰地)의 소경력(小經歷)을 이야기하는데, 옥련은 이노우에 부인의 눈치만 본다.

부인의 나인 삼십이 될락말락하니 옥련의 모친과 정동갑이나 아닌지, 연기는 옥련의 모친과 그렇게 같으나 생긴 모양은 옥련의 모친과 반대만 되었다. 옥련의 모친은 눈에 애교가 있는데 이노우에 부인은 눈에 살기만 들었더라. 옥련의 모친은 얼굴이 희고 도화색을 띠었더니 이노우에 부인의 얼굴이 희기는 하나 청기가 돈다. 얌전도 하고 쌀쌀도 한데, 군의의 편지를 받아보면서 옥련을 힐끔힐끔 보다가 병정더러 무슨 말도 하는 것은 옥련의 마음에는 모두 내 말을 하거니 하고 단정히 앉았는데, 병정은 할 말을 다하였는지 작별하고 나가고 옥련만 이노우에 군의의 집에 혼자 떨어져 있으니 옥련은 새로이 생소하고 비편한 마음뿐이라.

"이애 설자야, 나는 딸 하나 낳았다."

"아씨께서 자녀 없이 고적하게 지내시더니 따님이 생겼으니 얼마나 좋으십니까. 그러나 오늘 낳으신 아기가 대단히 숙성하오이다."

“설자야, 네가 옥련을 말도 가르치고 언문도 잘 가르쳐 주어라. 말을 알아듣거든 하루바삐 학교에 보내겠다.”

“내가 작은아씨를 가르칠 자격이 되면 이 댁에 와서 종노릇을 하고 있겠습니까.”

“너더러 어려운 것을 가르쳐 주라 하는 것이 아니다. 심상소학교(尋常小學校) 일 년급 독본이나 가르쳐 주라는 말이다. 네 동생같이 알고 잘 가르쳐다고. 말을 능통히 알기 전에는 집에서 네가 교사 노릇을 하여라. 선생 겸 종 겸 하는 것은 어렵겠다. 월급이나 많이 받으려무나.”

“월급은 더 바라지 아니하거니와 연희장 구경이나 자주 시켜 주시면 좋겠습니다.”

“설자야, 우리 옥련을 데리고 잡점에 가서 옥련에게 맞는 부인 양복이나 가지고 목욕집에 가서 목욕이나 시키고 조선 복색을 벗기고 양복이나 입혀 보자.”

이노우에 부인은 옥련을 그렇게 귀애하나 말을 못 알아듣는 옥련은 이노우에 부인의 쓸쓸한 모양에 기가 죽어 고역 치르듯 따라다닌다.

말 못 하는 개도 사람이 귀애하는 것을 알거든, 하물며 사람이야. 아무리 어린아이기로 저를 사랑하는 눈치를 모를 리가 없는 고로 수일이 못 되어 옥련이 웅크리고 자던 잠을 다리를 쭉

뻗고 잔다.

이노우에 부인이 갈수록 옥련을 귀애하고 옥련은 날이 갈수록 이노우에 부인을 따른다.

옥련의 총명 재질은 조선 역사에는 그러한 여자가 있다고 전한 일은 없으니, 조선 여편네는 안방 구석에 가두고 아무것도 가르치지 아니하였은즉, 옥련이 같은 총명이 있더라도 세상에서 몰랐던지, 이렇든지, 저렇든지 옥련은 조선 여편네에게는 비할 곳 없더라.

옥련의 재질은 누가 듣든지 거짓말이라 하고 참말로는 듣지 아니한다. 일본 간 지 반 년도 못 되어 일본말을 어찌 그렇게 잘 하던지, 이노우에 군의 집에 와서 보는 사람들이 옥련을 일본 아이로 보고 조선 아이로는 보지를 아니한다. 이노우에 부인이 옥련을 가르치며 저 아이가 조선 아이인데 조선서 온 지가 반 년밖에 아니 된다, 하는 말은 옥련을 자랑코자 하여 하는 말이나, 듣는 사람은 이노우에 부인의 농담으로 듣다가 설자에게 자세한 말을 듣고 혀를 홰홰 내두르면서 칭찬하는 소리에 옥련도 흥이 날만 하겠더라.

호외, 호외, 호외라고 소리를 지르며 오사카 저자 큰길로 달음박질하여 돌아다니는 사람들이 둘씩, 셋씩 지나가니 옥련이 학교에 갔다 오는 길에 문을 열고 들어오면서,

“여보, 어머니 저것이 무슨 소리요?”

“네가 온갖 것을 다 알아듣더니 호외는 모르는구나. 무슨 큰
일이 있는지 한 장 사 보자. 이애 설자야, 호외 한 장 사오너라.”

“네, 지금 가서 사 오겠습니다.”

하면서 급히 나가니 옥련이 달음박질하여 따라 나가면서,

“이애 설자야, 그 호외를 내가 사 오겠으니 돈을 이리 달라.”

하니, 설자가 웃으면서 하는 말이,

“누구든지 먼저 가는 사람이 호외를 산다.”

하고 달아나니 설자는 다리가 길고 옥련은 다리가 짧은지라. 설
자가 먼저 가서 호외 한 장을 사 가지고 오는 것을 옥련이 붙들
고 호외를 달라 하여 기어이 빼앗아 가지고 와서 하는 말이,

“어머니 이 호외를 보고 나 좀 가르쳐 주오.”

이노우에 부인이 웃으며 받아 보니 〈오사카 매일신문〉 호외
라. 한 줄쯤 보고 깜짝 놀라더니 서너 줄쯤 보고 에그 소리를 하
면서 호외를 던지고 아무 소리 없이 눈물이 비 오듯 한다.

“어머니, 어찌하여 호외를 보고 울으시오. 어머니 어머
니……”

부인은 대답 없이 눈물만 흘리니, 옥련이 설자를 부르면서 눈
에 눈물이 가랑가랑하니, 설자는 방문 밖에 앉았다가 부인의 낙
루하는 것은 못 보고 옥련의 눈만 보고 하는 말이,

"작은아씨가 울기는 왜 울어. 갓 낳은 어린아이와 같이."

"설자야, 사람 조롱 말고 들어와서 호외 좀 보고 가르쳐다고. 어머니께서 호외를 보고 우시니 호외에 무슨 말이 있는지 왜 우시는지 자세히 보아라. 어서 어서."

"아씨, 호외에 무슨 일이 있습니까. 아씨께서만 보셨으면 좀 보겠습니다."

설자가 호외를 들고 보다가 쌩긋 웃더니 그 아래는 자세히 보지 아니하고 하는 말이,

"아씨, 이것 좀 보십시오. 요동 반도가 함락이 되었습니다. 아씨, 우리 일본은 싸움할 적마다 이기니 좋지 아니하옵니까. 에그, 우리나라 군사가 이렇게 많이 죽었나. 아씨, 이를 어찌하나. 우리 댁 영감께서 돌아가셨네. 만국공법(萬國公法)에, 전시에서 적십자기(赤十字旗) 세운 데는 위태치 아니하다더니 영감께서는 군의시건만 돌아가셨으니 웬일이오니까."

"무엇, 아버지가 돌아가셨어……."

옥련은 소리쳐 울고 부인은 소리 없이 눈물만 떨어지고 설자는 부인을 쳐다보며 비죽비죽 우니 온 집안이 울음빛이라.

호외 한 장이 온 집안의 화기를 끊어 버렸더라. 이노우에 군의는 인간이 다시 오지 못하는 길을 가고, 이노우에 부인은 찬 베개 빈방에서 적적히 세월을 보내더라.

조선 풍속 같으면 청상과부가 시집가지 아니하는 것을 가장 잘난 일로 알고 일평생을 근심 중으로 지내나, 그러한 도덕상의 죄가 되는 악한 풍속은 문명한 나라에는 없는 고로, 젊어서 과부가 되면 시집가는 것은 천하만국에 부끄러운 일이 아니라. 이 노우에 부인이 어진 남편을 얻어 시집을 간다.

"이애 옥련아, 내가 젊은 터에 평생을 혼자 살 수 없고 시집을 가려 하는데 너를 거두어 줄 사람이 없으니 그것이 불쌍한 일이로구나……."

옥련의 마음에는 이노우에 부인이 시집가는 곳에 부인을 따라가고 싶으나, 부인이 데리고 가지 아니할 말을 하니 옥련은 새로이 평양성 밑 모란봉 아래서 부모를 잃고 발을 구르며 울던 때 마음이 별안간에 다시 난다. 옥련이 부인의 무릎 위에 푹 엎드려 목이 메어 하는 말이,

"어머니, 어머니가 가시면 나는 누구를 믿고 사나?"

"오냐, 나는 죽은 셈만 치려무나."

"어머니 죽으면 나도 같이 죽지."

그 소리 한마디에 부인 가슴이 답답하여 무슨 생각을 하고 있더라. 그때 부인이 중매더러 말하기를, 내 한 몸뿐이라 하였는데, 남편 될 사람도 그리 알고 있으니 이제 새로이 딸 하나 있다 하기도 어렵고, 옥련이 따르는 모양을 보니 차마 떼치기도 어려

운 마음이 생긴다.

"이애 옥련아, 울지 말아라. 내가 시집가지 아니하면 그만이로구나. 내가 이 집에서 네 공부나 시키고 있다가 십 년 후에는 내가 네게 의지하겠으니 공부나 잘하여라."

"어머니가 참 시집 아니 가고 집에 있어서 날 공부시켜 주시겠소?"

"오냐, 염려 말아라. 어린아이더러 거짓말하겠느냐."

옥련이 그 말을 듣고 기쁜 마음을 이기지 못하여 여인의 무릎 위에 앉아서 뺨을 대고 어리광을 하더라.

그 후로부터 옥련이 부인을 따르는 마음이 더욱 간절하여 학교에 가면 집에 돌아오고 싶은 마음만 있다가 하학 시간이 되면 달음박질하여 집에 와서 부인에게 안겨서 어리광만 한다. 그 어리광이 며칠 못 되어 눈치꾸러기가 된다.

부인이 처음에는 옥련의 어리광을 잘 받더니, 무슨 까닭인지 옥련이 어리광을 피면 핀잔을 주고 찬 기운이 돈다. 날이 갈수록 옥련이 고생길로 들고 근심으로 지낸다.

본래 부인이 시집가려 할 때에 옥련의 사정이 불쌍하여 중지하였으나 젊은 부인이 공방에서 고적한 마음이 있을 때마다 옥련이 미운 마음이 생긴다. 어디서 얻어 온 자식 말고 제 속으로 나온 자식일지라도 귀치 아니한 생각이 날로 더하는 모양이라.

옥련이 부인에게 귀염을 받을 때에는 문밖에 나가기를 싫어하더니, 부인에게 미움을 받기 시작하더니 문밖에 나가며 들어오기를 싫어하더라.

부인이 옥련을 귀애할 때에는 옥련이 어디 가서 늦게 오면 문에 의지하여 기다리더니, 옥련을 미워하는 마음이 생기더니 옥련이 오는 것을 보면,

"에그, 저 원수의 것이 무슨 연분이 있어서 내 집에 왔나!"
하면서 눈살을 아드득 찌푸리더라.

옥련이 앉아도 그 눈살 밑, 서도 그 눈살 밑, 밥을 먹어도 그 눈살 밑, 잠을 자도 그 눈살 밑, 눈살 밑에서 자라나는 옥련이 눈치만 늘고 눈물만 흔하더라. 하루가 삼추 같은 그 세월이 삼 년이 되었는데, 옥련은 심상소학교에 입학한 지 사 년이라. 옥련의 졸업식을 당하여 학교에서 옥련이 우등생이 된 고로 사람마다 칭찬하는 소리가 옥련의 귀에는 조금도 기쁘게 들리지 아니한다. 기쁘게 들리지 아니할 뿐 아니라 귀가 아프고 듣기 싫더라. 듣기 싫은 중에 더구나 듣기 싫은 소리가 있으니 무슨 소리런가.

"저 아이는 이노우에 군의 양녀지. 군의는 요동 반도 함락될 때 죽었다지. 그 부인은 양녀 옥련을 불쌍히 여겨서 시집도 아니 가고 있다지. 에그, 갸륵한 부인일세. 저 철없는 옥련이 그 은

혜를 다 알는지. 알기는 무엇을 알아. 남의 자식이라는 것이 쓸
데없나니 참 갸륵한 일일세. 이노우에 부인이 남의 자식을 길러
공부를 시키려고 젊은 터에 시집을 아니 가고 있으니 드문 일이
지.”

졸업식에 모인 사람들이 옥련이 재주 있는 것을 말하다가 옥
련의 의모(義母) 되는 부인의 칭찬을 시작하더니, 받고 차기로
말이 끊어지지 아니하니, 옥련은 그 소리를 들을 적마다 남모르
는 설움이 생기더라.

옥련이 집에 돌아와서 문 열고 들어오면서,

“어머니, 나는 졸업장 받았소.”

“이제는 공부 다 하였으니 어미를 먹여 살려라. 공부를 네가
한 듯하냐? 내가 시키지 아니하였으면 공부가 다 무엇이냐. 네
가 조선서 자랐으면 곧 공부하는 구경도 못 하였을 것이다. 네
운수가 좋으려고 청일 전쟁이 난 것이다. 네 운수가 좋았으나
내 운수만 글렀다. 너 하나 공부시키려고 허구한 세월에 이 고
생을 하고 있다.”

부인이 덕색의 말이 퍼부어 나오니 옥련이 고개를 숙이고 가
만히 생각한즉, 겨우 소학교 졸업한 계집아이가 제 힘으로는 이
노우에 부인을 공양할 수도 없고, 이노우에 부인의 힘을 또 입
으면서 공부하기도 싫고 한 가지 생각만 난다. 이 세상을 얼른

버려서 이노우에 부인의 눈에 보이지 말고 하루바삐 황천에 가서 난리 중에 죽은 부모를 만나리라 결심을 하고 천연한 모양으로 부인에게 좋은 말로 대답하고, 그날 밤에 물에 빠져 죽을 차로 오사카 항구로 나가다가 항구에 사람이 많은 고로 사람 없는 곳을 찾아간다.

어스름 달밤은 가깝게 있는 사람을 알아볼 만한데, 이리 가도 사람이 있고 저리로 가도 사람이라. 옥련이 동으로 가다가 돌아서서 서쪽으로 향하다가 도로 돌아서서 머뭇머뭇하는 모양이 대단히 수상한지라.

등 뒤에서 웬 사람이 이애, 이애 부르는데 돌아다본즉 순검이라. 옥련이 소스라쳐 놀라 얼른 대답을 못 하니 순검이 더욱 의심이 나서 앞에 와 서서 말을 묻는다. 옥련이 대답할 말이 없어서 억지로 꾸며 대답하되, 권공장(勸工場)에 무엇을 사러 나왔다가 집을 잃고 찾아다닌다 하니, 순검이 다시 의심 없이 옥련의 집 통수를 묻더니 옥련을 데리고 옥련이 집에 와서 이노우에 부인에게 옥련이 집 잃었던 사기를 말하니, 부인이 순검에게 사례하여 작별하고 옥련을 방으로 불러 앉히고 말을 묻는다.

"이애, 네가 무슨 일이 있어서 이 밤중에 항구에 나갔더냐. 미친 사람이 아니어든 동으로 가다 서로 가다 남으로 북으로 온 오사카를 헤매더라 하니 무엇하러 나갔더냐. 너 같은 딸을 두었다가 망신하기 쉽겠다. 신문 거리만 되겠다.”

그러한 꾸지람을 눈이 빠지도록 듣고 있으나 옥련은 한 번 정한 마음이 있는 고로 설움이 더할 것도 없고 내일 밤이 되기만 기다린다.

그날 밤에 부인은 과부 설움으로 잠이 들지 못하여 누웠다가 일어나서 껐던 불을 다시 켜고 소설 한 권을 보다가 그 책을 놓고 우두커니 앉아서 무슨 생각을 하는 모양이라.

윗목에서 잠자던 노파가 벌떡 일어나더니 하는 말이,

“아씨, 왜 주무시다가 일어나셨습니까?”

“팔자 사납고 근심 많은 사람이 잠이 잘 오나.”

“아씨께서 팔자 한탄하실 것이 무엇 있습니까. 지금도 좋은 도리를 하시면 좋아질 것이올시다. 이때까지 혼자 고생하신 것도 작은아씨 하나를 위하여 그리하신 것이 아니오니까.”

“글쎄 말일세. 남의 자식을 위하여 이 고생을 하고 있는 것이 내가 병신이지.”

“그러하거든 작은아씨가 아씨를 고마운 줄이야 알면 좋지마는, 고마워하기는 고사하고 아씨를 보면 곁눈질만 살살 하고 아씨를 진저리 내는 모양이올시다.”

“글쎄 말일세. 내가 저 하나를 위하여 가려 하던 시집도 아니 가고 삼 년, 사 년을 이 고생을 하고 있으니 아무리 어린것일지

라도 나를 고마운 줄 알 터인데 고것이 그리 발칙하게 구네그
려. 오늘 밤 일로 말하더라도 이상한 일이 아닌가. 어린것이 이
밤중에 무엇하러 항구에 나갔단 말인가. 물에나 빠져 죽으려고
갔는지 모르겠지마는, 내가 제게 무엇을 그리 몹시 굴어서 제가
설운 마음이 있어 죽으려 하였단 말인가. 아무리 생각하여도 모
를 일일세. 만일 죽고 보면 세상 사람들은 내가 구박이나 한 줄
로 알겠지. 그런 못된 것이 있나.”

“죽기는 무엇을 죽어요, 죽을 터이면 남이 못 보는 곳에 가서
죽지. 이리 가다가, 저리 가다가, 오사카 바닥을 다 다니다가 순
검의 눈에 띄겠습니까. 아씨의 몹쓸 흠만 드러낼 마음으로 그러
한 것이올시다. 아씨께서는 고생만 하시고 댁에 계셔도 쓸데없
습니다. 아씨께서 가시려면 진작에 가셔야지, 한 나이라도 젊으
셨을 때에 가셔야 합니다. 할미는 나이 오십이 되고 머리가 희
뜩희뜩하여 생각하면 어느 틈에 나이를 이렇게 먹었던지, 세월
같이 무정하고 덧없는 것은 없습니다.”

“남도 저렇게 늙었으니 난들 아니 늙고 평생에 이 모양으로만
있겠나. 어디든지 내 몸 하나 가서 고생 아니할 곳이 있으면 내
일이라도 가고 모레라도 가겠다.”

부인과 노파는 옥련이 잠이 든 줄 알고 하는 말인지, 잠은 들
었든지 아니 들었든지 말을 듣든지 말든지 관계없이 하는 말인

지, 부인이 옥련을 버리고 시집가기로 결심하고 하는 말이라.

옥련은 그날 밤에 물에 빠져 죽으러 나갔다가 죽지도 못하고 순검에게 붙들려 들어와서 이노우에 부인 앞에서 잠을 자는데, 소리를 삼키고 눈물을 흘리다가 정신이 혼혼하여 잠이 잠깐 들었는데 일몽(一夢)을 얻었더라.

옥련이 죽으려고 평양 대동강으로 찾아 나가는데 걸음이 걸리지 아니하여 대동강이 보이는데도 갈 수가 없어서 애를 무수히 쓰는데 홀연히 등 뒤에서 옥련아 옥련아, 부르는 소리가 들리거늘 돌아다보니 옥련의 어머니라. 별로 반가운 줄도 모르고 하는 말이, 어머니는 어디로 가시오, 나는 오늘 물에 빠져 죽으러 나왔소 하니, 옥련의 모친이 하는 말이, 이애 죽지 말아라. 너의 아버지께서 너 보고 싶다 하는 편지를 하셨더라, 하는 말끝을 마치지 못하여, 이노우에 부인의 앞에서 노파가 자다가 일어나면서, 아씨 왜 주무시다가 일어나셨습니까 하는 소리에 옥련이 잠이 깨었는데, 그 잠이 다시 들어서 그 꿈을 이어 꾸면 좋겠다 하는 생각을 하나 이노우에 부인과 노파가 받고 차기로 옥련이 말만 하니, 정신이 번쩍 나고 잠이 다 달아나서 그 꿈을 이어 보지 못할지라.

불빛을 등지고 드러누웠는데, 귀에 들리나니 가슴 아픈 소리라. 노파는 부인의 마음 좋도록만 말하니, 부인은 하룻밤 내에

노파와 어찌 그리 정이 들었던지, 노파더러 하는 말이,

"여보게, 내가 어디로 가든지 자네는 데리고 갈 터이니 그리
알고 있으라."

하니 노파의 대답이,

"아씨께서 가실 것은 무엇 있습니까. 서방님이 이 댁으로 오
시지요. 아씨는 시집간다 하지 말고 서방님이 장가오신다 합시
오. 아씨께서 재물도 있고 이러한 좋은 집도 있으니, 서방님 되
시는 이가 재물은 있든지 없든지 마음만 착하시면 좋겠습니다.
작은아씨는 어디로 쫓아 보내시면 그만이지요. 할미는 죽기 전
에 아씨만 모시고 있겠으니 구박이나 맙시오."

부인이 노파더러 포도주 한 병을 가져오라 하면서 하는 말이,

"자네 말을 들으니 내 속이 시원하고 내 근심이 다 어디로 가
는지 모르겠네. 내가 아무리 무정한들 자네 구박이야 하겠나.
술이나 먹고 잠이나 자세."

하더니 포도주 한 병을 둘이 다 따라 먹고 드러눕더니 부인과
노파가 잠이 깊이 드는 모양이더라. 자명종은 새로 세 시를 땅
땅 치는데, 노파의 코고는 소리는 반자를 울린다. 옥련이 일어
나서 한참을 가만히 앉아서 노파가 드러누운 것을 흘겨보며 하
는 말이,

"이 몹쓸 늙은 여우야, 사람을 몇이나 잡아먹고 이때까지 살

았느냐. 나는 너 보기 싫어 급히 죽겠다. 너는 저 모양으로 백 년만 더 살아라."

하더니 다시 머리를 들어 이노우에 부인을 보며 하는 말이,

"내 몸을 낳은 사람은 평양 아버지, 평양 어머니요, 내 몸을 살려서 기른 사람은 이노우에 아버지와 오사카 어머니라. 내 팔자가 기박하여 난리 중에 부모를 잃고, 내 운수가 불길하여 전쟁 중에 이노우에 아버지가 돌아가니, 어리고 약한 이내 몸이 만리타국에서 오사카 어머니만 믿고 살았소. 내 몸이 어머니의 그러한 은혜를 입었는데, 내 몸을 인연하여 어머니가 근심되고 어머니가 고생되면 그것은 옥련의 죄올시다. 옥련이 살아서는 어머니 은혜를 갚을 수가 없소. 하루바삐, 한시바삐, 바삐 죽으면 어머니에게 걱정되지 아니하고 내 근심도 잊어 모르겠소. 어머니, 나는 가오. 부디 근심 말고 지내시오."

하면서 눈물이 비 오듯 하다가 한참 진정하여 일어나더니 문을 열고 나가니 가려는 길은 황천이라.

항구에 다다르니 넓고 깊은 바닷물은 하늘에 닿은 듯한데, 옥련이 가는 곳은 저 길이라.

옥련이 그 물을 바라보고 하는 말이,

"오냐, 반갑다. 오던 길로 도로 가는구나. 청일 전쟁이 일어났을 때에 그 전쟁은 우리 집에서 혼자 당한 듯이 내 부모는 죽은

곳도 모르고, 내 몸에는 총을 맞아 죽게 된 것을 이노우에 군의 손에 목숨이 도로 살아나서 어용선을 타고 저 바다로 건너왔구나. 오기는 물위의 길로 왔거니와 가기는 물속 길로 가리로다. 내 몸이 저 물에 빠지거든 이 물에서 썩지 말고 물결 바람결에 몸이 둥둥 떠서 신호마관(神戶馬關)을 지나가서, 대마도 앞으로 조선 해협을 바라보며 살같이 빨리 가서, 진남포로 들어가서, 대동강 하류에서 역류하여 올라가면 평양 북문을 볼 것이니 이 몸이 썩더라도 대동강에서 썩어지고. 물아 부탁하자, 나는 너를 쫓아간다."

하는 소리에 바닷물은 대답하는 듯이 물소리가 솟아 쳐서 천하가 다 물소리 속에 있는 것 같은지라. 옥련이 정신이 아뜩하여 푹 고꾸라졌다. 설고 원통한 맺힌 마음에 기색을 하였다가 그 기운이 조금 돌면서 그대로 잠이 들어 또 꿈을 꾸었더라.

　뒤에서 옥련아, 옥련아, 부르는 소리만 들리고 사람은 보이지 아니하는데 옥련의 마음에는 옥련의 어머니라. 이애, 죽지 말고 다시 한 번 만나 보자 하는 소리에 옥련이 대답하려고 말을 냅뜨려 한즉, 소리가 나오지 아니하여 애를 쓰다가 소리를 버럭 지르면서 옥련이 정신이 나서 눈을 떠 보니 하늘의 별은 총총하고 물소리는 그윽한지라. 기색을 하였던지 잠이 들었던지 정신이 황홀하다. 옥련이 다시 생각하되, 내가 오늘 밤에 꿈을 두 번이나 꾸었는데, 우리 어머니가 나더러 죽지 말라고 하였으니, 우리 어머니가 살아 있는가 의심이 나서 마음을 진정하여 고쳐 생각한다.

"어머니가 이 세상에 살아 있어서 평생에 내 얼굴이나 한 번 보고자 하는 마음으로 하늘이 감동되고 귀신이 돌아보아 내 꿈에 현몽하니 내가 죽으면 부모에게 불효이라. 고생이 되더라도 참는 것이 옳은 일이요, 근심이 있더라도 잊어버리는 것이 옳은 일이라. 오냐, 일곱 살부터 지금까지 고생으로 살았으니 죽지 말고 살았다가 부모의 얼굴이나 한 번 다시 보고 죽으리라."

하고 돌아서서 오사카로 다시 들어가니, 그때는 날이 새려 하는 때라, 걸음을 바삐 걸어 이노우에 군의 집 앞에 가서 들어가지 아니하고 가만히 들은즉 노파의 목소리가 들리는지라.

"아씨 아씨, 작은아씨가 어디 갔습니까?"

"응 무엇이야, 나는 한잠에 내처 자고 이제야 깨었네. 옥련이 어디로 가. 뒷간에 갔는지 불러 보게."

"내가 지금 뒷간에 다녀오는 길이올시다. 안으로 걸었던 대문이 열렸으니, 밖으로 나간 것이올시다."

하는 소리에 옥련이 들어갈 수 없어서 도로 돌아서니 갈 곳이 없는지라.

정한 마음 없이 정거장으로 나가니, 그때 일 번 기차에 떠나려 하는 행인들이 정거장으로 모여드는지라. 옥련의 마음에 도쿄나 가고 싶으나 도쿄까지 갈 기차표를 살 돈은 없고 다만 이십 전이 있는지라. 옥련이 오사카만 떠나서 어디든지 가면 남의 집에 봉공(奉公)하고 있을 터라 결심하고 자목 정거장까지 가는 기차표를 사서 일 번 기차를 타니, 삼등차에 사람이 너무 많이 들어서 옥련이 앉을 곳을 얻지 못하고 섰는데 등 뒤에서 웬 서생이 조선말로 혼자 중얼중얼하는 말이,

"웬 계집아이가 남의 앞에 와 섰다."

하는 소리에 옥련이 돌아다보니 나이 십칠팔 세 정도 되고, 얼굴은 볕에 그을려 익은 복숭아 같고, 코는 우뚝 서고, 눈은 만판 정신기 있는데, 입기는 양복을 입었으나 양복은 처음 입은 사람같이 서툴러 보이는지라. 옥련이 돌아다보는 것을 보더니 또 조선말로 혼자 하는 말이,

"그 계집아이 똑똑하다. 재주 있겠다. 우리나라 계집아이 같으면 저러한 것들이 판판이 놀겠지. 여기서는 저런 것들도 모두 공부를 한다 하니 저것은 무엇하는 계집아이인지."

그러한 소리를 곁의 사람이 아무도 못 알아들으나 옥련의 귀는 알아들을 뿐 아니라, 오사카에 온 지 몇 해 만에 고국 말소리를 처음 듣는지라. 반갑기가 측량없으나 계집아이 마음이라 먼저 말하기도 부끄러운 생각이 있어서 말을 못 하고, 옥련도 혼

잣말로 서생의 귀에 들리도록 하는 말이,

"어디 가 좀 앉을 곳이 있어야지, 서서 갈 수가 있나."

하는 소리에, 뒤에 있던 서생이 이상히 여겨서 하는 말이,

"그 아이가 조선 사람인가, 나는 일본 계집아이로 보았더니 조선말을 하네?"

하더니 서슴지 아니하고 말을 묻는다.

"이애, 네가 조선 사람이 아니냐?"

"네, 조선 사람이오."

"그러면 몇 살에 와서 몇 해가 되었느냐?"

"일곱 살에 와서 지금 열한 살이 되었소."

"와서 무엇하였느냐?"

"심상소학교에서 공부하고 어제가 졸업식 하던 날이오."

"너는 나보다 낫구나. 나는 이제 공부하러 미국으로 가려고 하는데, 말도 다르고 글도 다른 미국을 가면 글자 한 자 모르고 말 한마디 모르는 사람이 어찌 고생을 할는지, 너는 일본에 온 지가 사오 년이 되었다 하니 이제는 고생을 다 면하였겠구나. 어린아이가 공부하러 여기까지 왔으니 참 갸륵한 노릇이다."

"당초에 여기 올 때에 공부할 마음으로 왔으면 칭찬을 들어도 부끄럽지 아니하겠으나, 운수가 불행하여 고생길로 여기까지 왔으니 칭찬을 들어도……."

하면서 목이 메는 소리로 눈에 눈물이 가랑가랑하여 고개를 살짝 수그린다.

서생이 물끄러미 보고 서로 아무 말이 없는데, 정거장 호각 소리에 기차 화통에서 흑운 같은 연기를 훅훅 내뿜으면서 기차가 달아난다.

옥련의 마음에 자목 정거장에 가면 내려야 할 터인데, 어떠한 집에 가서 어떠한 고생을 할지 앞의 길이 망연한지라.

옥련이 가고자 하는 길을 갈 지경이면 가는 동안이 대단히 더딘 듯하련마는, 기차표대로 자목 외에는 더 갈 수 없는 고로 싫어도 내릴 곳이라. 형세 좋게 달아나는 기차의 서슬은 오늘 해 전에 하늘 밑까지 갈 듯한데, 자목 정거장이 멀지 아니하다.

"이애, 네가 어디까지 가는지 서서 가면 다리가 아파 가겠느냐?"

"자목까지 가서 내릴 터이오."

"자목에 아는 사람이 있느냐?"

"없어요."

"그러면 자목은 왜 가느냐?"

옥련이 수건으로 눈을 씻고 대답을 아니하는데, 서생이 말을 더 묻고 싶으나 곁의 사람들이 옥련과 서생을 유심히 보는지라, 서생이 새로이 시치미를 떼고 창밖으로 머리를 두르고 먼 산을 바라보나 정신은 옥련의 눈물 나는 눈에만 있더라.

빠르던 기차가 차차 천천히 가다가 딱 멈추면서 반동되어 뒤로 물러나니 섰던 옥련이 넘어지며 손으로 서생의 다리를 잡으니, 공교롭게 서생의 다리 신경맥을 짚은지라. 그때 서생은 창밖만 보고 앉았다가 입을 딱 벌리면서 깜짝 놀라 돌아다보니 옥련이 무심중에 일본말로 실례라 하나, 그 서생은 일본말을 모르는 고로 알아듣지는 못하나 외양으로 가엾어하는 줄로 알고 그 대답은 없이 좋은 얼굴빛으로 딴 말을 한다.

"네 가는 곳이 이 정거장이냐?"

하던 차에 장거수(掌車手, 전차 차장의 옛 호칭)가 돌아다니면서 자목, 자목, 자목, 자목, 자목, 자목이라 소리를 지르며 문을 여니, 옥련은 어린 몸에 일본 풍속에 젖은 아이라 서생에게 향하여 허리를 굽히며 또 일본말로 작별 인사를 하면서 기차에서 내려가니, 구름같이 내려가는 행인 중에 나막신 소리뿐이라. 서생은 정신이 얼떨한데, 옥련이 가는 모양을 보고자 하여 창밖으로 내다보니 사람에 섞여 보이지 아니하는지라. 서생이 가방을 들고 옥련을 좇아 나가다가 정거장 나가는 어귀에서 만난지라. 옥련이 이상히 보면서 말없이 나가니 서생도 또한 아무 말 없이 따라 나가더라.

옥련이 정거장 밖으로 나가더니 갈 바를 알지 못하여 우두커니 섰거늘, 벌어먹기에 눈에 돈 동록(銅綠)이 앉은 인력거꾼은 옥련의 뒤를 따라가며 인력거를 타라 하니, 돈 없고 갈 곳 모르는 옥련은 거들떠보지도 아니하고 섰다.

"이애, 내가 네게 청할 일이 있다. 나는 일본에 처음으로 오는 사람이라 네게 물어볼 일이 있으니, 주막으로 잠깐 들어가면 좋겠으니 네 생각에 어떠하냐?"

"그러면 저기 여인숙이 있으니 잠깐 들어가서 할 말을 하시오."

하면서 앞서 가니, 자목에 처음 오기는 서생이나 옥련이나 일반이건마는, 옥련은 자목에 몇 번이나 와 본 사람같이 익숙한 모양으로 여인숙으로 들어가더라.

여인숙 하인이 삼층집 제일 높은 방으로 인도하고 내려가니, 서생은 모두 처음 보는 것이라. 정신이 황홀하여 옥련이 만난 것을 다행히 여긴다.

"이애, 내가 여기만 와도 이렇듯 답답하니 미국에 가면 오죽하겠느냐. 너는 타국에 와서 오래 있었으니 별 물정을 다 알겠구나. 우선 네게 좀 배울 것도 많거니와, 만리타국에서 뜻밖에 만났으니 서로 있는 곳이나 알고 헤어지자. 나는 공부하고자 하는 마음으로 부모도 모르게 미국에 갈 차로 나섰더니, 불과 여기를 와서 이렇듯 답답한 생각만 나니 어찌하면 좋을지 모르겠다.”

하는 소리에 옥련은 심상한 고국 사람을 만난 것 같지 아니하고 친부모나 친형제나 만난 것 같다.

모란봉 아래서 발을 구르고 울던 일부터 오사카 항구에서 물에 빠져 죽으려던 일까지 낱낱이 말한다.

“그러면 우리 둘이 미국으로 건너가서 공부나 하고 있다가 너의 부모 소식을 듣거든 네 먼저 고국으로 가게 하여 주마.”

“……”

“오냐, 학비는 염려 말아라. 우리들이 나라의 백성이 되었다가 공부도 못 하고 야만을 면치 못하면 살아서 쓸데 있느냐. 너는 청일 전쟁을 너 혼자 당한 듯이 알고 있나 보다마는, 우리나라 사람이 누가 당하지 아니한 일이냐. 제 곳에 아니 나고 제 눈에 못 보았다고 태평성세로 아는 사람들은 밥벌레라. 사람이 밥벌레가 되어 세상을 모르고 지내면 몇 해 후에는 우리나라에서 청일 전쟁 같은 난리를 또 당할 것이라. 하루바삐 공부하여 우리나라의 부인 교육은 네가 맡아 문명 길을 열어 주어라.”

하는 소리에 옥련의 첩첩한 근심이 씻은 듯이 다 없어졌는지라. 그 길로 횡빈(橫濱)까지 가서 배를 타니, 태평양 넓은 물에 마름(이엉 따위를 엮어서 말아 놓은 묶음)같이 떠서 화살같이 밤낮없이 달아나는 화륜선이 삼 주일 만에 미국 샌프란시스코에 이르러

닻을 내리니 이곳부터 미국이라. 조선서 낮이 되면 미국에는 밤이 되고 미국에서 밤이 되면 조선서는 낮이 되어 주야가 상반되는 별천지라. 산도 설고 물도 설고 사람도 처음 보는 인물이라. 키 크고 코 높고 노랑머리 흰 살빛에, 그 사람들이 도덕심이 배가 툭 처지도록 들었더라도 옥련의 눈에는 무섭게만 보인다.

서생과 옥련이 육지에 내려서 갈 바를 알지 못하여 공론이 부산하다.

"이애 옥련아, 네가 영어를 할 줄 아느냐. 조금도 모르느냐. 한마디도……. 그러면 참 딱한 일이로구나. 어디인지 물어볼 수가 없구나."

사오 층 되는 높은 집은 구름 속 하늘 밑에 닿은 듯한데, 물 끓듯 하는 사람들이 돌아들고 돌아 나는 모양은 주막집 같은 곳도 많이 보이나 언어를 통치 못하는 고로 어린 서생들이 어찌하면 좋을지 알지 못하여 옥련이 지향 없이 사람을 대하여 일어로 무슨 말을 물으니 서생의 마음에는 옥련이 영어를 조금 알면서 겸사로 모른다 한 줄로 알고 알아듣지도 못하는 소리를 바싹 다가서서 듣는다. 옥련의 키로 둘을 포개 세워도 올려다볼 듯한 키 큰 부인이 얼굴에는 새그물 같은 것을 쓰고 무 밑동같이 깨끗한 어린아이를 앞세우고 지나가다가 옥련의 말하는 소리 듣고 무엇이라 대답하는지, 서생과 옥련의 귀에는 바바……, 하는 소리

같고 말하는 소리 같지는 아니한지라.

그 부인이 뒤의 프록코트를 입은 남자를 돌아보면서 또 바바바……, 하니 그 남자는 청국말을 하는 양인이라. 청국말로 무슨 말을 하는데, 서생과 옥련의 귀에는 '또바' 하는 소리 같고 말소리 같지 아니하다.

서생은 옥련이 그 말을 알아들은 줄로 알고,

"이애, 그것이 무슨 말이냐?"

"……."

"그 남자의 말도 못 알아들었느냐……."

그렇듯 곤란하던 차에 청인 노동자 한 패가 지나거늘 서생이 쫓아가서 필담하기를 청하니, 그 노동자 중에는 한문자 아는 사람이 없는지 손으로 눈을 가리더니 그 손을 다시 들어 홰홰 내젓는 모양이 무식하여 글자를 못 알아본다 하는 눈치다.

그때 마침 어떠한 청년이 햇빛에 윤이 흐르는 비단옷을 입고 마차를 타고 풍우같이 달려가는데, 서생이 그 청인을 가리키며 옥련더러 하는 말이, 저러한 청인은 무식할 리가 만무하다 하면서 소리를 버럭 지르니, 마차에 탄 사람은 그 소리를 들었으나 차를 메고 달아나는 말은 그 소리를 듣고 아니 듣고 간에 네 굽을 모아 달아나는데 서생의 소리가 다시 마차에 들릴 수 없는지라. 마차에 탄 청인이 차부더러 마차를 멈추라 하더니 선뜻 뛰어내려서 서생의 앞으로 향하여 오니, 서생이 연필을 가지고 무엇을 쓰려 하는데, 청인이 옥련이 옷을 본즉 일복이라, 일본 사람으로 알고 옥련에게 향하여 일어로 말을 물으니, 옥련이 기쁜 마음을 이기지 못하여 청인 앞으로 와서 말대답을 하는데 서생은 연필을 멈추고 섰더라.

원래 그 청인은 일본에 잠시 유람한 사람이라, 일본말을 한두 마디 알아들으나 장황한 수작은 못 하는지라. 옥련이 첩첩한 말이 나올수록 그 청인의 귀에는 점점 알아들을 수 없고 다만 조선 사람이라 하는 소리만 알아들은지라.

청인이 다시 서생을 향하여 필담으로 대강 사정을 듣고 명함 한 장을 내더니 어떠한 청인에게 부탁하는 말 몇 마디를 써서 주는데, 그 명함을 본즉 청국 개혁당의 유명한 강유위(康有爲, 중국 청조 말기의 정치가로, 변법 개혁을 꾀했음)라. 그 명함을 전할 곳은 일어도 잘하는 청인인데, 다년간 샌프란시스코에 있던 사람이라. 그 사람의 주선으로 서생과 옥련이 미국 워싱턴에 가서 청인 학도들과 같이 학교에 들어가서 공부를 하고 있더라.

옥련이 미국 워싱턴에 다섯 해를 있어서 하루도 학교에 아니 가는 날이 없이 다니며 공부를 하는데, 재주 있고 부지런한 사람으로, 그 학교 여학생 중에는 제일 칭찬을 듣는지라.

그때 고등소학교에서 졸업 우등생으로 옥련의 이름과 옥련의 사적이 워싱턴 신문에 났는데, 그 신문을 보고 이상히 기뻐하는 사람 하나가 있는데, 어찌 그렇게 기쁘던지 부지중 눈물이 쏟아진다. 기쁜 마음을 이기지 못하여 도리어 의심을 낸다. 의심 중에 혼잣말로 중얼중얼한다.

"조선 사람의 일을 영어로 번역한 것이라 혹 번역이 잘못되었나. 내가 미국에 온 지 십 년이나 되었으나 영문에 서툴러서 보기를 잘못 보았나."

그렇게 다심(多心)하게 생각하는 사람의 성명은 김관일인데, 그 딸의 이름이 옥련이라. 청일 전쟁 났을 때에 그 딸의 사생을 모르고 미국에 왔는데, 그때 워싱턴 신문에는, 말은 옥련의 학교 성적과, 평양 사람으로 일곱 살에 일본 오사카 가서 심상소학교를 졸업하고 그 길로 미국 워싱턴에 와서 고등소학교에서 졸업하였다 한 간단한 말이라. 김 씨가 분명히 자기의 딸이라고는 질언할 수 없으나, 옥련이라 하는 이름과 평양 사람이라는 말과 일곱 살에 집 떠났다 하는 말은 김관일의 마음에 정녕 내 딸이라고 생각을 아니할 수도 없는지라. 김 씨가 그 학교에 찾아가니, 그때는 그 학교에서 학도 졸업식 후의 서중 휴학이라, 학교에 아무도 없는 고로 물을 곳이 없는지라, 김 씨가 옥련을 만나지 못하고 돌아왔더라.

옥련이 졸업하던 날에 학교 졸업장을 가지고 호텔로 돌아가니, 주인은 치하하면서 옥련의 얼굴빛을 이상히 보더라. 옥련은 수심이 첩첩한 모양으로 저녁 요리도 먹지 아니하고 서산에 떨어지는 해를 쳐다보며 탄식하더라.

그때 마침 밖에 손님이 와서 찾는다 하는데, 명함을 받아 보더니 옥련이 얼굴빛을 천연히 고치고 손님을 들어오라 하니, 그 손님이 보이를 따라 들어오거늘 옥련이 선뜻 일어나며 그 사람의 손을 잡아 인사하고 테이블 앞에서 마주 향하여 의자에 걸터앉으니, 그 손님은 옥련과 일본 오사카에서 동행하던 서생인데 그 이름은 구완서라.

"네 졸업을 감축한다. 허허, 계집의 재주가 사나이보다 나은 것이로구나. 너는 미국에 온 지 일 년 만에 영어를 대강 알아듣고 학교까지 들어가서 금년에 졸업을 하였는데, 나는 미국에 온 지 두 해 만에 중학교에 들어가서 내년에 졸업이라. 네게는 백기를 들고 항복을 아니할 수 없다."

옥련이 대답을 하는데, 일본에서 자라난 사람이라 말을 하여도 일본 말투가 많더라.

"내가 그대의 은혜를 받아서 오늘 이렇게 공부를 하였으니 심히 고맙소."

하니 일본 풍속에 젖은 옥련은 제 습관으로 말하거니와, 구 씨는 조선서 자란 사람이라 조선 풍속으로 옥련이 아이인 고로 해라를 하다가 생각한즉 저도 또한 아이라.

"허허허, 우리들이 조선 사람인즉 조선 풍속대로만 수작하자. 우리가 처음 볼 때에 네 나이가 어린 고로 내가 해라를 하였더니 지금은 열여섯 살이 되어 저렇게 체대(體大)하니 해라 하기가 서먹서먹하구나."

"조선 풍속대로 말하자 하시면서 아이를 보고 해라 하시기가 서먹서먹하셔요?"

"허허허, 요절할 일도 많다. 나도 지금까지 장가를 아니 든 아이라, 아이는 일반이니 너도 나더러 해라 하는 것이 좋은 일이니 숫접게 너도 나더러 해라 하여라. 그리하면 내가 너더러 해라 하더라도 불안한 마음이 없겠다."

"그대는 부인이 계신 줄로 알았더니……. 미국에 오실 때 십칠 세라 하셨으니, 조선같이 혼인을 일찍 하는 나라에서 어찌하여 그때까지 장가를 아니 들으셨소."

"너는 나더러 종시 해라 소리를 아니하니 나도 마주 하오를 할 일이로구나, 허허허. 그러나 말대답은 아니하고 딴소리만 하여서 대단히 실례하였다. 내가 우리나라에 있을 때에 우리 부모가 내 나이 열두서너 살부터 장가를 들이려 하는 것을 내가 마다하였다. 우리나라 사람들이 조혼하는 것이 옳은 일이 아니라. 나는 언제든지 공부하여 학문 지식이 넉넉한 후에 아내도 학문 있는 사람을 구하여 장가를 들겠다. 학문도 없고 지식도 없고 입에서 젖내가 모랑모랑 나는 것을 장가들이면 짐승의 자웅같이 아무것도 모르고 음양배합의 낙만 알 것이라. 고런 고로 우리나라 사람들이 짐승같이 제 몸이나 알고, 제 계집, 제 새끼나 알고, 나라를 위하기는 고사하고 나라 재물을 도둑질하여 먹으려고 눈이 벌겋게 뒤집혀서 돌아다니는 것이 다 어려서 학문을 배우지 못한 연고라. 우리가 이 같은 문명한 세상에 나서 나라에 유익하고 사회에 명예 있는 큰 사업을 하자 하는 목적으로 만리타국에 와서 쇠공이를 갈아 바늘을 만드는 성력(誠力)을 가지고 공부하여 남과 같은 학문과 남과 같은 지식이 나날이 달라가는 이때에 장가를 들어서 색계상에 정신을 허비하면 유지한 대장부가 아니라. 이애 옥련아, 그렇지 아니하냐.”

구 씨의 활발한 말 한마디에 옥련은 근심하던 마음이 풀어져서 웃으며,

“저러한 의논을 들으면 내 속이 시원하오. 혼자 있을 때는 참……”

말을 멈추고 구 씨를 쳐다보는데, 구 씨가 옥련의 근심 있는 기색을 언뜻 짐작하였으나 구 씨는 본래 활발한 사람이라. 시계를 내어보더니 선뜻 일어나며 작별 인사를 하고 저벅저벅 내려가는데, 옥련은 의구히 의자에 걸터앉아서 먼 산을 보며 잊었던

근심을 다시 한다. 한숨을 쉬고 혼자 신세타령을 하며 옛일도 생각하고 앞일도 걱정하는데 뜻을 정치 못한다.

"아, 세월도 쉽구나. 일본서 미국으로 건너오던 날이 어제 같구나. 내가 일본 오사카 있을 때에 심상소학교 졸업하던 날은 하룻밤에 두 번을 죽으려고 하였더니 오늘 또 어떠한 팔자 사나운 일이나 없을는지. 내가 죽기 싫어서 죽지 아니한 것도 아니요, 공부하고자 하여 이곳에 온 것도 아니라. 오사카 항에서 죽기로 결심하고 물에 떨어지려 할 때에 한 되는 마음으로 꿈이 되어 그랬던지, 우리 어머니가 나더러 죽지 말라 하시던 소리가 아무리 꿈일지라도 역력하기가 생시 같은 고로 슬픈 마음을 진정하고 이 목숨이 다시 살아나서 넓은 천지에 붙일 곳이 없는지라. 지향 없이 도쿄 가는 기차를 타고 가다가 천우신조하여 고국 사람을 만나서 일동일정(一動一靜)을 남에게 신세를 지고 오늘까지 있었으니 허구한 세월을 남의 덕만 바랄 수는 없고, 만일 그 신세를 아니 지을 지경이면 하루 한시라도 여비를 어찌 써서 있을 수도 없으니 어찌하여야 좋을는지……. 우리 부모는 세상에 살아 있는지, 부모의 사생도 모르니 혈혈한 이 한 몸이 살아 있은들 무엇하리요. 차라리 오사카에서 죽었다면 이 근심을 몰랐을 것인데 어찌하여 살았던가. 사람의 일평생이 이렇듯 근심만 할진대 죽어 모르는 것이 제일이라. 그러나 지금 여기서는 죽으려도 죽을 수도 없구나. 내가 죽으면 구 씨는 나를 대단히 그르게 여길 터이라. 구 씨의 태산 같은 은혜를 입고 그 은혜를 갚지 못하고 죽으면 남의 은혜를 저버리는 것이라. 어찌하면 좋을꼬.”

그렇듯 탄식하고 그 밤을 의자에 앉은 채로 새우다가 정신이 혼혼하여 잠이 들며 꿈을 꾸었더라.

꿈에는 팔월 추석인데, 평양성 중에서 일 년 제일가는 명절이라고 와글와글하는 중이라. 아이들은 추석빔으로 새 옷을 입고 떡 조각, 실과를 배가 톡 터지도록 먹고 어깨로 숨을 쉬는 것들이 가로도 뛰고 세로도 뛴다.

어른들은 이 세상이 웬 세상이냐 하도록 술을 먹고 주정을 하면서 한길을 쓸어 지나가고, 거문고 줄 양금채는 꾀꼬리 소리 같은 여창 시조(女唱時調, 남자가 여자의 음조로 노래를 부르는 시조)를 어울려서 이 골목 저 골목, 이 사랑 저 사랑에서 어디든지 그 소리가 없는 곳이 없다. 성중이 그렇게 흥치(興致)로 지내는 데, 옥련은 꿈에도 흥치가 없고 비창한 마음으로 부모 산소에 다니러 간다. 북문 밖에 나가서 모란봉에 올라가니 고려장(高麗葬)같이 큰 쌍분이 있는데, 옥련이 묘 앞으로 가서 앉으며 허리춤에서 능금 두 개를 집어내며 하는 말이,

“여보 어머니, 이렇게 큰 능금 구경하셨소? 내가 미국서 나올

때에 사 가지고 왔소. 한 개는 아버지 드리고 한 개는 어머니 잡
수시오.”

하면서 묘 앞에 하나씩 놓으니, 홀연히 쌍분은 간 곳 없고 송장
둘이 일어앉아서 그 능금을 먹는데, 본래 살은 다 썩고 뼈만 앙
상한 송장이라. 능금을 먹다가 위아랫니가 몽땅 빠져서 앞에 떨
어지는데, 박씨 말려 늘어놓은 것 같은지라. 옥련이 무서운 생
각이 더럭 나서 소리를 지르다가 가위에 눌렸더라.

그때 날이 새어서 다 밝은 후라. 이웃 방에 있는 여학생이 일
어나서 뒷간으로 내려가는 길에 옥련의 방 앞으로 지나다가 옥
련의 가위 눌리는 소리를 들었으나 남의 방으로 함부로 들어갈
수는 없고, 망단한 마음에 급히 전기초인종을 누르니 보이가 오
는지라. 여학생이 보이를 보고 옥련의 방을 가리키며, 이 방에
서 괴상한 소리가 난다 하니 보이가 옥련의 방문을 여는데 문소
리에 옥련이 잠을 깨어 본즉 남가일몽이라.

꿈을 깰 때는 시원한 생각이 있더니, 다시 생각하니 비창한
마음을 이기지 못하여 탄식하는 소리가 무심중에 나온다.

“꿈이란 것은 무엇인고. 꿈을 믿어야 옳은가. 믿을 지경이면
어젯밤 꿈은 우리 부모가 다 이 세상에는 아니 계신 꿈이로구
나. 꿈을 아니 믿어야 옳은가. 아니 믿을진대 오사카에서 꿈을
꾸고 부모가 생존하신 줄로 알고 있던 일이 허사로구나. 꿈이

맞아도 내게는 불행한 일이요, 꿈이 맞지 아니하여도 내게는 불행한 일이라. 그러나 다시 생각하여 보니 꿈은 정녕 허사라. 우리 아버지는 난리 중에 돌아가셨으니, 가령 친척이 있더라도 송장을 찾을 수가 없는 터이라. 더구나 사고무친한 우리 집에 목숨이 붙어 살아 있는 것은 그때 일곱 살 먹은 불효의 딸 옥련뿐이라. 우리 아버지의 송장 찾을 사람이 누가 있으리요. 모란봉 저녁볕에 훌훌 날아드는 까마귀가 긴 창자를 물어다가 고목나무 높은 가지에 척척 걸어 놓은 것은 전쟁에 죽은 송장의 창자라. 세상에 어떠한 고마운 사람이 있어서 우리 아버지의 송장을 찾아다가 고려장같이 기구 있게 장사를 지낼 수가 있으리요. 우리 어머니는 대동강 물에 빠져 죽으려고 벽상에 영결서를 써서 붙인 것을 평양 야전 병원의 통변이 낙루를 하며 그 글을 읽어서 내 귀에 들려주던 일이 어제같이 생각이 나면서, 오사카 항에서 꿈을 꾸고 우리 어머니가 혹 살아서 이 세상에 있을까 하는 생각이 다 쓸데없는 생각이라. 우리 어머니는 정녕 물에 빠져 돌아가신 것이라. 대동강 흐르는 물에 고기밥이 되었을 것이니, 어찌 모란봉에 그처럼 기구 있게 장사를 지냈으리요."

옥련은 부모 생각을 아주 단념하기로 작정을 하고 제 신세는 운수가 되어 가는 대로 두고 보리라 하고 정신을 가다듬어서 공부하던 책을 내어놓고 마음을 붙이니, 이삼 일 지낸 후에는 다시 서책에 착미가 되었더라.

하루는 보이가 신문지 한 장을 가지고 옥련의 방으로 오더니 그 신문을 옥련의 앞에 펼쳐놓고 손가락으로 신문지 광고를 가리킨다. 옥련이 그 광고를 보다가 깜짝 놀라서 눈물이 평평 쏟아지면서 얼굴은 발개지고 웃음 반 눈물 반이라.

옥련이 좋은 마음에 광고를 끝까지 다 보지 못하고 우두커니 앉았다가 또 광고를 본다. 옥련의 마음에 다시 의심이 난다. 일전 꿈에 모란봉에 가서 우리 부모 산소에 갔던 일이 그것이 꿈인가. 오늘 신문지의 광고를 보는 것이 꿈인가. 한 번은 영어로 보고 한 번은 조선말로 보다가 필경은 한문과 조선 언문을 섞어 번역하여 놓고 보더라.

광고
지나간 열사흗날 〈황색신문〉 잡보에
한국 여학생 김옥련이 아무 학교 졸업 우등생이라는 기사가 있기로,
그 유하는 호텔을 알고자 하여 이에 광고하오니,
누구시든지 옥련이 유하는 호텔을 고백인에게 알려 주시면
상당한 금으로 십 류(十留, 미국 돈 10달러)를 앙정할 사.
한국 평안도 평양인 김관일 고백

현주소…….

의심 없는 옥련의 부친이 한 광고이다.

"여보 보이, 이 신문을 가지고 날 따라가면 우리 부친이 십 류의 상금을 줄 것이니 지금으로 갑시다."

"내가 상금 탈 공은 없으니 상금은 원치 아니하나 귀 양을 배행하여 가서 부녀가 서로 만나 기뻐하시는 모양을 보면 나도 이 호텔에서 몇 해 동안 귀양을 모시고 있던 정분에 귀 양을 따라 기뻐하고자 합니다."

옥련이 그 말을 듣고 더욱 기뻐하여 보이를 데리고 그 부친 있는 처소를 찾아가니 십 년 풍상에 서로 환형(換形)이 된지라, 서로 보고 서로 알아보지 못할 지경이라. 옥련이 신문 광고와 명함 한 장을 가지고 그 부친 앞으로 가서 남에게 처음 인사하듯 대단히 서어한(서먹한) 인사를 하다가 서로 분명한 말을 듣더니, 옥련이 일곱 살에 응석하던 마음이 새로이 나서 부친의 무릎 위에 얼굴을 폭 숙이고 소리 없이 우는데, 김관일의 눈물은 옥련의 머리 뒤에 떨어지고, 옥련의 눈물에 그 부친의 무릎이 젖는다.

"이애 옥련아, 그만 일어나서 너의 어머니 편지나 보아라."

"응, 어머니 편지라니, 어머니가 살았소?"

무슨 변이나 난 듯이 깜짝 놀라는 모양으로 고개를 번쩍 드는데, 그 부친은 제 눈물 씻을 생각은 아니하고 수건을 가지고 옥련의 눈물을 씻으니, 옥련이 그리 어려졌던지 부친이 눈물 씻어주는 데 고개를 디밀고 있더라. 김관일이 가방을 열더니 휴지 뭉치를 내어놓고 뒤적뒤적하다가 편지 한 장을 집어 주며 하는 말이,

"이애, 이 편지를 자세히 보아라. 이 편지가 제일 먼저 온 편지다."

옥련이 그 편지를 받아 보니, 옥련이 그 모친의 글씨를 모르는지라. 가령 옥련이 정신이 좋으면 그 모친의 얼굴은 생각할는지 모르거니와, 옥련이 일곱 살에 언문도 모를 때에 모친을 떠났는지라. 지금 그 편지를 보며 하는 말이,

"나는 우리 어머니 글씨도 모르지. 어머니 글씨가 이렇던가."
하면서 부친의 앞에 펼쳐 놓고 본다.

상장

떠나신 지 삼 삭이 못 되었으나 평양에 계시던 일은 전생 일 같삽나이다. 만리타국에서 수토불복(水土不服)이나 되시지 아니하고 기운 평안하시온지 궁금하옵기 측량없삽나이다. 이곳이 지낸 풍상은 말씀하기 신신치 아니하오나 대강 소식이나 아

시도록 말씀하옵나이다. 옥련은 어디 가서 죽었는지 다시 소식이 묘연하고, 이곳은 죽기로 결심하여 대동강 물에 빠졌더니 뱃사공과 고장팔에게 건진 바 되어 살았다가 부산서 이곳 친정아버님이 평양에 오셔서 사랑께서 미국 가셨다는 말씀을 전하여 주시니, 그 후로부터 마음을 붙여 살아 있삽나이다. 세월이 어서 가서 고국에 돌아오시기만 기다리옵나이다.

그러나 사랑께서는 몇 십 년을 아니 오시더라도 이 세상에 계신 줄 알고 있사오니 위로가 되오나, 옥련은 만나 보려 하면 황천에 가기 전에는 못 볼 터이오니, 그것이 한 되는 일이옵니다.

말씀 무궁하오나 이만 그치옵나이다.

옥련이 그 편지를 보고 뼈가 녹는 듯하고 몸이 스러지는 듯하여 가만히 앉았다가,

"아버지, 나는 내일이라도 우리 집으로 보내 주시오. 날개가 돋쳤으면 지금이라도 날아가서 우리 어머니 얼굴을 보고 우리 어머니 한을 풀어 드리고 싶소."

"네가 고국에 가기가 그리 바쁠 것이 아니라 우선 네가 고생하던 이야기나 어서 좀 하여라. 네가 어떻게 살아났으며 어찌 여기를 왔느냐?"

옥련이 얼굴빛을 천연히 하고 고쳐 앉더니, 모란봉에서 총 맞

고 야전 병원으로 가던 일과, 이노우에 군의의 집에 가던 일과, 오사카에서 학교에서 졸업하던 일과, 불행한 사기로 오사카를 떠나던 일과, 도쿄에 가는 기차를 타고 구완서를 만나서 절처봉생(絶處逢生, 아주 막다른 판에 살길이 생김)하던 일을 낱낱이 말하고, 그 말을 마치더니 다시 얼굴빛이 변하며 눈물이 도니, 그 눈물은 부모의 정에 관계한 눈물도 아니요, 제 신세 생각하는 눈물도 아니요, 구완서의 은혜를 생각하는 눈물이라.

"아버지, 아버지께서 나 같은 불효의 딸을 만나 보시고 기쁘신 마음이 있거든 구 씨를 찾아보시고 치사의 말씀을 하여 주시면 좋겠습니다."

김관일이 그 말을 듣더니, 그 길로 옥련을 데리고 구 씨가 유하는 처소로 찾아가니, 구 씨는 김관일을 만나 보매 옥련의 부친을 본 것 같지 아니하고 제 부친이나 만난 듯이 반가운 마음이 있으니, 그 마음은 옥련이 기뻐하는 마음이 내 마음 기쁜 것이나 다름없는 데서 나오는 마음이요, 김 씨는 구 씨를 보고 내 딸 옥련을 만나 본 것이나 다름없이 반가우니, 그 두 사람의 마음이 그러할 일이라. 김 씨가 구 씨를 대하여 하는 말이 간단한 두 마디뿐이라.

한마디는 옥련이 신세 지은 치사요, 한마디는 구 씨가 고국에 돌아간 뒤에 옥련으로 하여금 구 씨의 기치를 받들고 백년 가약을 맺기를 원하는지라.

　구 씨는 본래 활발하고 거칠 것 없이 수작하는 사람이라 옥련을 물끄러미 보더니,

　"이애 옥련아, 어, 실체(失體)하였구. 남의 집 처녀더러 또 해라 하였구나. 우리가 입으로 조선말은 하더라도 마음에는 서양 문명한 풍속이 젖었으니, 우리는 혼인을 하여도 서양 사람과 같이 부모의 명령을 좇을 것이 아니라, 우리가 서로 부부 될 마음이 있으면 서로 직접 하여 말하는 것이 옳은 일이다. 그러나 우선 말부터 영어로 수작하자. 조선말로 하면 입에 익은 말로 외짝해라 하기 불안하다."

하면서 구 씨가 영어로 말을 하는데, 구 씨의 학문은 옥련보다 대단히 높으나 영어는 옥련이 구 씨의 선생 노릇이라도 할 만한 터이라. 그러나 구 씨는 서투른 영어로 수작을 하는데, 옥련은 조선말로 단정히 대답하더라.

　김관일은 딸의 혼인 언론을 하다가 구 씨가 서양 풍속으로 직접 언론하자 하는 서슬에 옥련의 혼인 언약에 좌지우지할 권리가 없이 가만히 앉았더라.

　옥련은 아무리 조선 계집아이이나 학문도 있고 개명한 생각도 있고, 동서양으로 다니면서 문견(聞見)이 높은지라. 서슴지 아니하고 혼인 언론 대답을 하는데, 구 씨의 소청이 있으니, 그

소청인즉 옥련이 구 씨와 같이 몇 해든지 공부를 더 힘써 하여 학문이 유여한 후에 고국에 돌아가서 결혼하고, 옥련은 조선 부인 교육을 맡아 하기를 청하는 유지(有志)한 말이라. 옥련이 구 씨의 권하는 말을 듣고 조선 부인을 교육할 마음이 간절하여 구 씨와 혼인 언약을 맺으니, 구 씨의 목적은 공부를 힘써 하여 귀국한 뒤에 우리나라를 독일같이 연방도를 삼되, 일본과 만주를 한데 합하여 문명한 강국을 만들고자 하는 비스마르크 같은 마음이요, 옥련은 공부를 힘써 하여 귀국한 뒤에 우리나라 부인의 지식을 넓혀서 남자에게 압제받지 말고 남자와 동등한 권리를 찾게 하며, 또 부인도 나라에 유익한 백성이 되고 사회상에 명예 있는 사람이 되도록 교육할 마음이라.

세상에 제 목적을 제가 자기하는 것같이 즐거운 일은 다시없는지라. 구완서와 옥련은 나이가 어려서 외국에 간 사람들이라. 조선 사람이 이렇게 야만 되고 이렇게 용렬한 줄을 모르고, 구씨든지 옥련이든지 조선에 돌아오는 날은 조선도 유지한 사람이 많이 있어서, 학문 있고 지식 있는 사람의 말을 듣고 이를 찬성하여 구 씨도 목적대로 되고 옥련도 제대로 조선 부인이 일제히 내 교육을 받아서 낱낱이 나와 같은 학문 있는 사람들이 많이 생기려니 생각하고, 일변으로 기쁜 마음을 이기지 못하는 것은 제 나라의 형편을 모르고 외국에 유학한 소년 학생의 의기에서 나오는 마음이라.

구 씨와 옥련이 그 목적대로 되든지 못 되든지 그것은 후의 일이거니와, 그날은 두 사람의 마음에는 혼인 언약의 좋은 마음은 오히려 둘째가 되니, 옥련 낙지(落地) 이후에는 이러한 즐거운 마음이 처음이라.

김관일은 옥련을 만나 보고 구완서를 사윗감으로 정하고, 구 씨와 옥련의 목적이 그렇듯 기이한 말을 들으니, 김 씨의 좋은 마음도 측량할 수 없는지라.

미국 워싱턴의 어떠한 호텔에서는 옥련의 부녀와 구 씨가 솔밭같이 늘어앉아서 그렇듯 희희낙락한데, 세상이 고르지 못하여 조선 평양성 북문 안에 게딱지같이 낮은 집에서 삼십 전부터 남편 없고, 자녀 간에 혈육 없고, 재물 없이 지내는 부인이 있으되, 십 년 풍상에 남보다 많은 것 한 가지가 있으니, 그 많은 것은 근심이라.

그 부인이 남편이 죽고 없느냐 할 지경이면 죽지도 아니한 터라. 죽고 없는 터이면 단념하고 생각이나 아니하련마는, 육만 리를 이별하여 망부석이 될 듯한 정경이요, 자녀 간에 혈육이 없는 것은 생산을 못 하였느냐 물을진대, 딸 하나를 두고 아들 겸 딸 겸하여 금옥같이 귀애하다 일곱 살이 되던 해에 잃었던 것이더라.

눈앞에 참척을 보았느냐 물을진대 그 부인은 말없이 눈물만 흘리더라. 눈앞에 보이는 데서나 죽었으면 한이나 없으련마는, 어디서 죽었는지 알지도 못하니 그것이 한이더라.

마침 까마귀 한 마리가 지붕 위에 내려앉더니 까막까막 깍깍 짖는 소리가 흉측하게 들리거늘, 부인이 감았던 눈을 떠서 장팔 어미를 보며 하는 말이,

"여보게, 저 까마귀 소리 좀 들어 보게. 또 무슨 흉한 일이 생기려나베. 까마귀는 영물이라는데 무슨 일이 또 있을는지 모르겠네. 팔자 기박한 여편네가 오래 살았다가 험한 일을 더 보지 말고 오늘이라도 죽으면 좋겠네. 요사이는 미국서 편지도 아니 오니 웬일인고."

기운 없는 목소리로 설움 없이 탄식하는 모양은 아무가 보든지 좋은 마음은 아니 날 터인데, 늙고 청승스러운 장팔 어미가 부인의 그 모양을 보고 부인이 죽으면 따라 죽을 듯한 마음도 있고, 까마귀를 쳐 죽이고 싶은 마음도 생겨서 마당으로 펄펄 뛰어 내려가서 지붕 위를 쳐다보면서 까마귀에게 헛팔매질을 하며 욕을 한다.

"수여, 이 경칠 놈의 까마귀, 포수들은 다 어디로 갔노. 소금장사, 네 어미."

조선 풍속에 까마귀 보고 하는 욕은 장팔 어미가 모르는 것

없이 주워섬기며 소리를 버럭버럭 지르니, 그 까마귀가 펄쩍 날아 공중에 높이 뜨더니 깍깍 지르며 모란봉으로 향하거늘, 부인의 눈은 까마귀를 따라서 모란봉으로 가고, 노파의 욕하는 소리는 까마귀 소리를 따라간다.

우자를 쓴 벙거지를 쓰고 감장 홀태바지, 저고리를 입고 가죽 주머니를 메고 문밖에 와서 안중문을 기웃기웃하며 편지 받아 들여가오, 편지 받아 들여가오, 두세 번 소리 하는 것은 우편 군사(우편 배달원)라. 장팔의 어미가 까마귀에게 열이 잔뜩 났던 차에 어떠한 사람인지 자세히 듣지도 아니하고 질부등거리 깨어지는 소리 같은 목소리로 우편 군사에게 까닭 없는 화풀이를 한다.

"웬 사람이 남의 집 안마당을 함부로 들여다보아. 이 댁에는 사랑양반도 아니 계신 댁인데, 웬 젊은 녀석이 양반의 댁 안마당을 들여다보아!"

"여보, 누구더러 이 녀석 저 녀석 하오. 체전부는 그리 만만한 줄로 아오. 어디 말 좀 하여 봅시다. 이리 좀 나오시오. 나는 편지 전하러 온 것 외에는 아무것도 잘못한 것 없소."

"여보게 할멈, 자네 누구와 그렇게 싸우나. 우체 사령이 편지를 가지고 왔다 하니 미국서 서방님이 편지를 부치셨나베. 어서 받아 들여오게."

"옳지, 우체 사령이로구. 늙은 사람이 눈 어두워서……. 어서 편지나 이리 주오. 아씨께 갖다 드리게."

우체 사령이 처음에 노파가 소리를 지를 때는 늙은 사람 망령으로 알고 말을 예사로 하더니, 노파가 잘못한 줄을 깨닫고 말하는 눈치를 보더니 그때는 우체 사령이 목을 쓰고 대어든다.

"이런 제어미……. 내가 체전부 다니다가 이런 꼴은 처음 보았네. 남더러 무슨 턱으로 욕을 하오. 내가 아무리 바빠도 말 좀 물어보고 갈 터이오."

하면서 소리를 버럭버럭 지르고 대어들며, 편지 달라 하는 말은 대답도 아니하니, 평양 사람의 싸움하러 대드는 서슬은 금방 죽어도 몸을 아끼지 아니하는 성정이라.

노파가 까마귀에게 화풀이할 때 같으면 우체 사령에게 몸부림을 하고 죽어도 그 화가 풀어지지 아니할 터이나, 미국서 편지가 왔다 하는 소리에 그 화가 다 풀어졌더라. 그 화만 풀어질 뿐 아니라, 우체 사령의 떼거리까지 받고 있는데, 부인은 어서 바삐 편지를 볼 마음이 있어서 내외하기도 잊었던지 중문간에로 뛰어나가서 노파를 꾸짖고 우체 사령을 달래고, 옥련의 묘에 가지고 가려던 술과 실과를 내어다 먹인다.

그러니 금방 살인할 듯하던 위인이 노파더러 할머니 할머니 하며 풀어지는데, 그 집에서 부리던 하인과 같이 친숙하더라.

노파가 편지를 받아서 부인에게 드리니, 부인이 그 편지를 들고 겉봉에 쓴 것을 보더니 깜짝 놀라서 의심을 한다.

"아씨, 무엇을 그리하십니까?"

"응, 가만히 있게."

"서방님께서 부치신 편지오니까?"

"아닐세."

"그러면 부산서 주사 나리께서 하신 편지오니까?"

"아니."

"에그, 어서 말씀 좀 시원히 하여 주십시오."

"글씨는 처음 보는 글씨일세."

본래 옥련이 일곱 살에 부모를 떠났는데, 그때는 언문 한 자를 모를 때라. 그 후에 일본에 가서 심상소학교 졸업까지 하였으나 조선 언문은 구경도 못 하였더니, 그 후에 구완서와 같이 미국에 갈 때에 태평양을 건너가는 동안에 구완서가 가르친 언문이라, 옥련의 모친이 어찌 옥련의 글씨를 알아보리오. 부인이 편지를 받아 보니 겉면에는,

한국 평안남도 평양부 북문내 김관일 실내 친전
한편에는,
미국 워싱턴 ○○○호텔

옥련 상사리

진서(眞書) 글자는 부인이 한 자도 알아보지 못하고 다만 '옥련 상사리'라 한 글자만 알아보았으나, 글씨도 모르는 글씨요, 옥련이라 한 것은 볼수록 의심만 난다.

"여보게 할멈, 이 편지 가지고 왔던 우체 사령이 벌써 갔나. 이 편지가 정녕 우리 집에 오는 것인지 자세히 물어보면 좋을 뻔하였네."

"왜 거기 쓰이지 아니하였습니까?"

"한 편은 진서요 한 편에는 진서도 있고 언문도 있는데, 진서는 무엇인지 모르겠고, 언문에는 옥련 상사리라 썼으니, 이상한 일도 있네. 세상에 옥련이라 하는 이름이 또 있는지, 옥련이라 하는 이름이 또 있더라도 내게 편지할 만한 사람도 없는데……."

"그러면 작은아씨의 편지인가 보이다."

"에그, 꿈같은 소리도 하네. 죽은 옥련이 내게 편지를 어찌 하여……."

하면서 또 한숨을 쉬더니 얼굴에 처량한 빛이 다시 난다.

"아씨 아씨, 두 말씀 말고 그 편지를 뜯어보십시오."

부인이 홧김에 편지를 박박 뜯어보니 옥련의 편지라.

모란봉에서 지낸 일부터 미국 워싱턴 호텔에서 옥련의 부녀가 상봉하여 그 모친의 편지 보던 모양까지 그린 듯이 자세히 한 편지라. 그 편지를 부쳤던 날은 광무 육년(1902년) 칠월 십일일인데, 부인이 그 편지를 받아 보던 날은 임인년 음력 팔월 십오일이러라.

속혈의 누

부산 절영도 밖에 하늘 밑까지 툭 터진 듯한 망망대해에 시커먼 연기를 무럭무럭 일으키며 부산항을 향하고 살같이 들어 닫는 것은 화륜선이다.

오륙도, 절영도의 두 틈으로 들어오는데 반속력 배질을 하며 화통에는 소리가 하늘 당나귀가 내려와 우는지, 웅장한 그 소리 한마디에 부산 초량이 들썩들썩한다.

물건을 들이고 내는 운수 회사도 그 화통 소리에 귀를 기울이고 사람을 보내고 맞아들이는 여인숙에서도 그 화통 소리에 귀를 기울이는데, 화륜선 닻이 뚝 떨어져서 삼판 배가 벌 떼같이 드러난다.

부산 객주에 첫째나 둘째 집에는 최 주사의 집 서기를 보는 소년이 큰사랑의 미닫이를 열며,

"여보시오, 주사장. 진남포에서 배가 들어왔습니다. 우리 짐도 이 배편에 왔을 터이니 사람을 보내 보아야 하겠습니다."

최 주사는 낮잠을 자다가 화륜선 화통 소리에 잠이 깨어 일어나 앉아서 무슨 생각을 하고 있던 터이라. 서기의 말을 들은 체만 체하고 앉았다가 긴치 않은 말대답을 하듯,

"날 더러 물을 것 무엇 있나. 자네가 알아서 할 일이지."

소년은 서기 방으로 가고 최 주사는 큰사랑에 혼자 앉았더라.

최 주사는 몇 해 동안에 재물이 불 일어나는 듯 느는데 그 재물이 늘수록 최 주사의 심회가 산란하다.

재물을 모을 때는 욕심에 취하여 두 눈이 빨개서 날뛰더니 재물을 많이 모아 놓고 보니 재물이 그리 귀할 것이 없는 줄로 생각이라.

빈 담뱃대 딱딱 떨어 물고 물부리를 두어 번 확확 내불어 보더니 지네발 같은 평양 엽초 한 대를 담아 붙여 물고 담배 연기를 훅훅 내불면서 무슨 생각을 하다가 혼잣말로 탄식이라.

"재물. 재물. 재물이 좋기는 좋지만은 제 생전에 먹고 입고 지낼 만하면 그만이지. 그것은 그리 많아 쓸 데 있나. 몸이 괴로운 줄 모르고 마음이 괴로운 줄 모르고 재물만 모으려고 기를 버럭

쓰는 것은 어리석은 일이었다. 흥, 어리석은 것도 아니야. 환장한 사람이지. 풀끝에 이슬 같은 이 몸이 죽은 후에 그 재물이 어찌 될지 누가 알 바 있나. 적막한 북망산에 돈이 와서 일곡이나 하고 갈까. 흥, 가소로운 일이로고.

내 나이 육십여 세라. 인생 칠십 고래희라 하였으니 내가 칠십을 살더라도 이 앞에 칠팔 년 동안뿐이로구나.

아들은 양자.

딸은 저 모양.

어, 내 팔자도 기박하고.

옥련이 살았더면 짐짓이 마음을 붙였을 터인데, 그런 불쌍한 일이 있나.

오냐, 그만두어라. 집안일은 잘 되나 못 되나 서기에게 맡겨 두고 평양에 가서 딸도 만나 보고 미국에 가서 사위나 만나 보고 오겠다."

마침 문간이 들썩들썩하더니 무슨 별일이나 있는 듯이 계집종들이 참새 떼 재잘거리듯 지껄이며 사랑 마당으로 올라 들어오는데, 최 주사는 혼자 중얼거리고 앉아서 귀에 닿은 소리는 아니 들어오던지 내다보지도 아니한다.

마루 위에서 신을 벗는 소리가 나더니 사랑 지게문이 펄쩍 열리며,

“아버지, 나 왔소.”

하며 들어오는데 최 주사가 정신이 번쩍 나서 쳐다보니 딸이라.

“이애, 이것이 꿈이냐. 네가 어찌 여기를 왔느냐.”

“내가 날개 돋쳐 내려왔소.”

하며 어린아이 응석하듯, 웃으며 나오는 모습이 얼굴에 화기가 돈다. 최 주사는 꿈에라도 딸을 만나 보면 근심하는 얼굴만 보이더니 상시에 저러한 얼굴빛을 보고 최 주사 얼굴에도 화기가 돈다.

“이애, 참 별일이다. 네가 오기는 뜻밖이로구나. 여편네가 십 리 길이 어려운 처지인데 일천오백 리 길에 네가 어찌 혼자 왔단 말이냐.”

“옥련이 같은 어린 계집아이도 육만 리나 되는 미국을 갔는데 내가 이까짓 데를 못 와요. 진남포로 내려와서 화륜선을 타고 왔소. 아버지, 나는 개화하였소. 이 길로 미국에나 들어가서 옥련을 만나 보고 옥련의 남편 될 사람도 내 눈으로 좀 자세히 보고 오겠소. 아버지, 내게 돈이나 좀 많이 주시오. 옥련이 좋아하는 것이 있거든 사서 주겠소.”

최 주사가 옥련이 살았단 말을 듣더니 딸을 만나 보고 반가운 마음은 잊었던지 몇 해 만에 보는 딸에게 그동안 잘 있었느냐, 못 있었느냐, 말은 한마디 없고 옥련의 말만 묻고 앉았다가 그날 저녁에는 홍김에 밥을 아니 먹고 술만 먹으며 횡설수설하다가 주정이 나서 그 후 최 부인더러 짐짓 자랄 때에 잘 굴었느니 못 굴었느니 하며 삼십 년 전 일을 말하고 앉았다가 내외간 싸움이 일어나서 마누라는 자식도 없는 늙은 년이 서러워서 죽고 싶으니 살고 싶으니 하며 울고 청승을 떨고 있고, 딸은 내가 아니 왔다면 이런 일이 없었을 터인데, 하면서 밤에 도로 가느니 마느니 하는 서슬에 온 집안이 붙들고 만류하여 야단이 났다.

최 주사가 그 딸이 가느니 마느니 하는 것을 보고 취중에 화가 나서 혀 꼬부라진 소리로 마누라에게 화풀이를 한다.

"응, 마누라가 낳은 딸 같으면 저럴 리가 만무하지. 모처럼 온 계집을 들어앉기도 전에 도로 쫓으려 드니."

마누라는 애매한 책망을 듣고 청승을 점점 더 떨고 딸은 점점 불리한 마음이 더 나서 친정에 왔던 후회만 하고 최 주사의 주정은 점점 더하는데, 온 집안이 잠을 못 자고 안마루 안마당에 그득 모였으나 최 주사의 주정을 감히 말릴 사람은 없는지라.

최 주사는 아들이 섣부른 소리로 최 주사더러 좀 참으시면 좋겠습니다, 하였더니 최 주사가 취중에 진정 말이 나오던지,

"이애, 주제넘게 네가 내 집 일에 참견이 무엇이야."
하며 핀잔을 탁 주더니 최 주사의 아들은 양자 들어온 사람의 마음이라, 야속한 생각이 들어서 캄캄한 바깥마당에 나가서 혼

자 우두커니 섰다가 담배 한 대를 붙여 물고 나올 작정으로 서기 방으로 들어간다.

서기 방에서는 문서를 닦느라고 두 사람이 마주앉아서 부르고 놓고 하다가 최 주사의 아들이 담뱃대 찾는 수선에 주 한 개를 달깍 더 놓았더라.

주 놓던 사람이 아차 하며 쳐다보니 젊은 주인이라. 다른 사람이 서기 방에 들어가서 수선을 그렇게 피웠으면 생핀잔을 보았을 터인데 주인의 아들인 고로 핀잔은 고사하고 담배 한 대 더 꺼내 주노라고 쌈지 끈을 끄르는 사람이 둘이나 된다.

문서책 한 권이 보기에는 대단하지 아니한 백지 몇 장이로되 그 속에 있는 것만 하여도 어디를 가든지 부자 득명할 재물 덩어리라.

최 주사의 아들이 최 주사를 야속하게 여기던 마음이 쑥 들어가고 조심하는 마음이 생겨서 다시 안으로 들어가더니 웃는 낯으로 어머니, 그리 마시오. 누님 그리 마시오 하며 애를 쓰고 돌아다니는데 최 주사가 곤드레만드레하며,

"그만 내버려 두어라. 그것들 방정 실컷 떨게……."
하더니 사랑으로 비틀비틀 나가서 쓰러지더니 콧구멍에서 맷돌질하는 소리가 나도록 코를 곤다.

그 이튿날 아침에 최 주사가 일어나 안으로 들어가더니 마누

라와 딸과 아들까지 불러 앉히고 재미있는 모양으로 말을 떠드는데 마누라는 어젯밤에 있던 성이 조금도 아니 풀린 모양으로 아무 소리 없이 돌아앉았더라.

"아버지, 어젯밤에 웬 술을 그렇게 많이 잡수셨습니까?"

최 주사는 그 전날 밤에 사랑으로 나가던 생각은 일어나나, 처음에 주정하던 일은 멀쩡하게 생각하면서 생시치미를 뗀다.

"응, 과히 취하였더냐. 주정이나 아니하더냐. 오냐, 살아생전에 일배주라니 내가 주정을 하면 몇 해나 하겠느냐, 허허허."

웃음 한마디에 온 집안이 화기가 돈다. 최 주사가 그날은 술 한 잔 아니 먹고 아들과 서기에게 집안일을 분별하더니 딸을 데리고 미국 들어갈 치행을 차리더라.

물속에 산이 솟고 산 아래는 물만 있는 해협을 끼고 달아나는 화륜선은 어찌 그리 빠르던지. 눈앞에 보이던 산이거늘 하면 뒤에 가 있다.

부산항에서 떠나서 일본 대마도, 마관, 신호, 대판을 지내 놓고 황빈으로 들어가는데 옥련 어머니의 마음에는 그만하면 미국 산천이 거의 보이거니 생각하고 하루에도 몇 번이나 화륜선 갑판 위에 올라서서 배 가는 곳만 바라보고 섰다.

이 배같이 크고 빠른 것은 다시없으려니 하였더니 그 배는 황빈에서 닻을 주고 태평양을 내왕하는 배를 갈아타니 그 배는 먼

저 탔던 배보다 더 크고 빠른 배라.

그러한 배를 타고 더디 간다 한탄하는 사람은 옥련의 부녀를 만나 보러 가는 최 주사의 부녀뿐이더라.

앉았으나 섰으나, 잠이 들었으나 깨었으나, 타고 앉은 배는 밤낮 쉴 새 없이 달아나는데, 지난 곳에 보이던 일본 산천은 자라목이 움츠러드는 듯 점점 작아지더니 태평양을 들어서면서 산 명색이라고는 오뚝이만 한 것 하나도 보이지 않고 보이는 것은 물과 하늘뿐이라.

푸르고 푸른 하늘을 턱턱 치는 듯한 바닷물은 하늘을 씻어서 물이 푸르러졌는지, 푸른 물결이 하늘에 들이쳐서 하늘에 물이 들었는지, 물빛이나 하늘빛이나 그 빛이 그 빛이라.

배는 가는지 아니 가는지, 밤낮 가도 그 자리에 그대로 선 것 같은데, 그 크던 배가 만리창해에 마름 하나 떠다니는 것 같다,

최 주사 부녀가 갑판 위로 돌아다니며 구경을 하다가 최 주사의 딸이 응석을 한다.

"아버지, 아버지께서는 딸 덕에 이런 좋은 구경을 하시는구려. 내가 없었더면 아버지께서 여기 오실 까닭이 있소?"

"허허허, 요성은 딸이 하나 보다. 나도 딸 덕에 이 구경을 하고 너도 옥련이 덕에 이 구경을 하는구나. 네가 네 남편이 미국에 있다는 말을 들은 지가 팔구 년이 되었으나 미국에 간다는

말이 없더니, 옥련이 미국에 있다는 말을 듣고 대문 밖에도 못
나가던 위인이 미국을 가니 자식에게 향하는 마음이 그러한 것
이로구나."
하면서 딸을 물끄러미 보는데 최 주사의 딸이 부친의 말을 듣다
가 무슨 마음인지 눈물이 돌며 눈자위에 붉은빛을 띠었더라.

최 주사가 그 딸의 눈물 나는 모양을 보더니 또한 무슨 마음
인지 눈에 눈물이 돈다.

딸의 눈물은 아버지가 양자한 아들을 데리고 뜻에 맞지 못하
여 아비는 아들의 눈치를 보고 아들은 아비의 눈치를 보던 그
모양이 생각이 나서 딸자식 된 마음에 그 아버지 신세를 생각하
고 나오는 눈물이요, 최 주사의 눈물은 그 딸이 청일 전쟁 난리
겪은 후에 내외간에 이별하고 모녀간에 소식을 모르고 장팔 어
미만 데리고 근심하고 고생하던 일이 불쌍한 생각이 나서 나오
는 눈물이라.

서로 눈물을 감추고 서로 위로하다가 다시 옥련의 이야기가
시작되며 웃음소리가 난다.

"아버지, 우리 오던 곳이 어디며, 우리가 향하여 가는 곳은 어
디요. 해를 쳐다보아도 동서남북을 모르겠소그려.

이편을 바라보아도 물뿐이요, 저편을 바라보아도 물뿐인데
물 밖에는 하늘 외에 또 무엇이 있소. 아버지 아버지, 우리가 일

본 황빈에서 떠난 후에 이 물이 넘쳐서 세상 사람 사는 곳은 다 덮여 싸여서 물속으로 들어갔나 보오. 처음부터 아니 보이던 산은 어찌하여 많이 보이는지 모르겠소마는 우리 눈으로 보던 산까지 아니 보이니 그 산이 어디로 갔단 말이오.”

“글쎄, 나도 모르겠다. 완고로 자라서 완고로 늙은 사람이 무엇을 알겠느냐. 부산 소학교 아이들이 모여 앉으면 별소리가 다 많더라마는 무심히 들었더니 지금 생각하니 좀 자세히 들었으면 좋을 뻔하였다. 어 그 무엇이라던가.

수박같이 둥그런 땅덩이에서 사람이 산다 하니 수박같이 둥글 지경이면 이편에서 저편이 보이겠느냐. 그런 것을 물으려거든 아무것도 모르는 완고의 애비더러 묻지 말고 신학문을 배운 네 딸 옥련더러 물어보아라.”

하며 최 주사의 얼굴에 즐거운 빛을 띠었는데 옥련이 같은 딸 둔 최 주사의 딸도 얼굴에 웃음빛을 띠고 그 부친을 쳐다본다.

최 주사 부녀가 구경을 하다가도 옥련의 이야기요, 음식을 먹다가도 옥련의 이야기가 시작되는데, 천지간에 자식을 사랑하는 정은 옥련의 모친 같은 사람은 다시없을 것 같다.

태평양에서 미국 워싱턴이 멀기는 한량없이 멀건마는 지구상 공기는 한 공기라. 태평양에서 불던 바람이 북아메리카로 들이치면서 워싱턴 어느 공원에서 단풍 구경을 하던 한국 여학생 옥련이 재채기를 한다.

“누가 내 말을 하나 보다. 웬 재채기가 이렇게 나누. 에그 내 말 할 사람이야 우리 어머니밖에 누가 있나.”

하면서 호텔로 들어가다 만리타국에서 부녀가 각각 헤어져 있기는 서로 섭섭한 일이나, 김관일이 다니는 학교와 옥련이 다니는 학교가 다른 고로 학교 가까운 곳을 취하여 옥련이 있는 호텔과 김관일이 있는 호텔이 각각이라.

옥련이 있는 호텔로 가다가 돌아서서 그 부친 김관일의 호텔로 가더라.

호텔 문 안으로 들어서는데 우체 군사가 김관일에게 오는 전보를 들이더니 보이가 손에는 전보를 받아 들고 한편으로 옥련을 인도하여 김관일의 방으로 들어간다.

옥련이 부친에게 인사하기를 잊었던지, 들어서며 하는 말이,

“아버지, 전보가 어디서 왔습니까?”

김관일도 옥련더러 말할 새가 없던지,

“글쎄, 보아야 알겠다.”

하면서 전보를 뚝 떼어 보더니 발신소는 미국 샌프란시스코 우편국이요, 발신인 최항래라. 전문에 하였으되,

‘딸을 데리고 간다. 상항(샌프란시스코)에서 배가 내렸다. 내

일 오전 첫차를 타고 가겠다.'

기쁜 마음에 뜨이면 분명한 사람도 병신 같은 일이 혹 있는
지, 김관일이 전보를 들고,

"응, 무엇이냐. 최항래, 최항래, 최항래가 네 외조부의 이름인
데. 이애 옥련아, 이 전보 좀 보아라."

옥련이 선뜻 받아 들고 자세히 보니 그의 어머니가 온다는 전
보라.

부녀가 돌려 가며 전보를 보는데 옥련이 기뻐하는 모양은 죽
었던 어머니가 살아와도 그보다 더 기뻐할 수는 없겠더라.

그날 그때부터 옥련은 어머니가 타고 오는 기차를 기다리는
데 일각이 여삼추라. 생각으로 해를 보내고 생각으로 밤을 보내
다가 잠이 들어 꿈을 꾸었더라.

옥련이 혼자 기차를 타고 어머니 마중을 나간다. 샌프란시스
코에서 워싱턴으로 오는 기차는 옥련의 모친이 타고 오는 기차
요, 워싱턴에서 샌프란시스코로 가는 기차는 옥련이 타고 가는
기차라.

원래 그 기차가 쌍선이 아니던지, 단선의 철도에서 오고 가는
기차가 시간을 어기었던지, 두 기차가 서로 충돌이 되었더라.
기차가 상하고 사람이 무수히 상하였는데 그중에 조선 복색한

여편네 송장이 있는 것을 보고 옥련이 어머니가 죽은 송장이라고 붙들고 운다. 흑흑 느껴 울다가 제풀에 잠을 깨니 남가일몽이라.

전기등은 눈이 부시도록 밝고, 자명종은 열두 시를 땅땅 친다. 옥련은 어머니를 과히 생각하는 중에 그런 꿈을 꾼 줄 알고 마음을 진정하였더라.

옥련의 모친이 옥련을 생각하는 마음과 옥련이 그 어머니를 생각하는 마음을 비교할 지경이면 누가 우등생이 될는지. 인간의 그런 사정은 하느님이나 자세히 아실까.

그렇게 서로 간절하던 옥련 모녀가 워싱턴에서 만나는데 그 모녀가 좋아하는 모양을 볼질대 옥련이 미칠지 옥련 어머니가 미칠지, 둘이 다 미칠지 염려할 만도 하더라.

최 주사 부녀가 워싱턴에서 삼 주일을 묵고 고국으로 돌아온다. 떠나던 전날은 일요일이라.

최 주사와 김관일과 구완서와 옥련 모녀까지 다섯 사람이 모여 앉았는데 그날은 다른 말은 별로 없고 옥련의 혼인 공론이 부산하다.

최 주사 부녀는 조선 풍속이 골수에 꼭 박힌 사람이라, 내 사정만 주장하고 옥련과 구완서를 데리고 조선으로 가서 혼인을 한 후에 즉시 미국으로 돌려보내겠다 하고, 김관일은 싱긋싱긋 웃으면서 구완서만 힐끔힐끔 보고 앉았고, 옥련은 아무 말 없이 술병을 들고 외조부 앞에 술을 따르며 앉았고, 구완서는 최 주사 부녀의 말이 끝나기를 기다리고 앉았는데, 최 주사 부녀는 말대답하는 사람이 다 될 것같이 옥련과 구완서를 데리고 갈 생각으로 말한다.

구완서가 옥련의 얼굴을 물끄러미 보다가 다시 옥련의 모친을 보며 자기가 질정한 마음을 설명한다.

"옥련같이 학문에 자질이 있는 따님을 두시고 나같이 용렬한 사위를 삼으려 하시는 것은 감사하기 측량없습니다. 그렇게 감사한 일을 생각하면 오늘이라도 말씀하시는 대로 좇을 일이오나 아직 어린 서생들이 혼인이 무엇이오니까."

하면서 다시 옥련을 돌아다보며 허허 웃더니,

"여보게 옥련, 지금은 우리가 동무이지, 귀국하면 내외가 될 터이지. 우리가 자유로 결혼하자 언약을 맺은 사람이라. 언약을 맺어도 자유, 언약을 파하여도 자유, 어느 때로 행례할 기약을 정하는 것도 자유로 할 일이라. 나도 부모 구존한 사람이요, 그대도 부모 구존한 터이라. 부모가 미성년한 자식에게 명령할 일은 공부 잘하여라, 나라를 위하여라 하는 것이 부모 된 이들의 도리요 직분이라.

지금 우리가 고국에 돌아가면 공부에 방해도 적지 아니할 터이오, 혈기 미성한 사람들이 일찍 시집가고 장가드는 것은 제 신상에 그렇게 해로운 것은 없는지라. 그러나 우리가 제 일신의 이해를 교계하는 것은 오히려 둘째로다.

여보게 옥련, 우리가 공부를 하여도 나라를 위하여 하고 살아도 나라를 위하여 살고 죽어도 나라를 위하여 죽는 것이 옳은 일이라. 여보게 옥련, 자네 마음 어떠한가. 어서 시집이나 가서 세간나 재미있게 하면 그것이 소원인가. 자네 소원이 만일 그러하다면 우리 기왕 언약이 아무리 중하더라도 나는 그 언약보다도 더 중요한 국가를 위한다는 생각이 있으니 자네는 바삐 귀국하여, 어진 남편을 구하여, 하루바삐 시집가서 자네 부모의 소원대로 하게."

그 말 한마디에 옥련의 모친은 눈이 휘둥그레졌다.

"에그, 천만의 말도 하네. 내 말 끝에 옥련더러 그렇게 말할 것 무엇 있나. 말은 내가 하였지, 옥련이 무슨 입이나 떼었나. 나는 지금부터 구완서를 내 사위로 알고 있어. 에그, 사위라 하면서 이름을 불렀네. 아무러면 허물 있나. 여보게 이 사람, 자네 옥련더러 너의 부모 소원대로 하라 하니 우리 소원이야 하루바삐 구완서를 내 사위 삼고픈 소원 외에 또 무슨 소원이 있나. 지금 혼인을 하면 공부에 해로울 터이면 두었다가 아무 때나 하지."

하며 횡설수설하는 것은 옥련 모친이 구완서가 혼인 언약을 깨뜨릴까 염려하는 말이더라.

최 주사는 완고의 늙은이라. 구완서가 하는 말을 들은즉 버릇 없는 후레자식도 같고, 너무 주제넘은 것도 같은지라. 최 주사의 마음에는 옥련이 같은 외손녀를 두고 어디를 가기로 구완서만한 외손서감을 못 고르랴 싶은 생각뿐이라.

또 최 주사가 일평생에 돈 많고 기 펴고 지내던 사람이라. 자기 마음대로 하면 옥련을 곧 데리고 나가서 극진한 신랑감을 골라서 기구 있게 혼인을 잘 지내고 싶으나 한 치 건너 두 치라, 외손의 혼인부터는 내 마음대로 하기가 어려운 생각이 있어서 딸의 눈치도 보다가 사위의 눈치도 보며 헛기침만 하고 앉았다.

김관일은 본디 구완서의 기개를 아는 사람이라. 말없이 앉았다가 그 부인더러 간단한 말로 옥련의 혼인은 아는 체 말자 하면서 옥련의 얼굴을 거들떠보니 옥련은 머리 위에 꽃을 꽂고, 눈썹은 나비를 그린 듯한데 눈은 내리깔고 앉았으니 무슨 생각이 있는지 없는지, 옥련을 낳은 부모라도 뜻은 알 수 없겠더라.

옥련과 구완서는 몇 해 동안이든지 공부를 성취하도록 고국에 돌아가지 않기로 작정하였고 혼인은 본래 작정대로 귀국하는 이후에 성례하기로 옥련의 모친까지 그 작정을 좇아 허락하고 그 이튿날 부산으로 떠나갔다.

사람이 구름같이 모여드는 정거장에서 오후 기차 시간을 기다려서 샌프란시스코 가는 기차표를 사는 사람은 최 주사 부녀요, 입장권을 사서 들고 최 주사의 부녀더러 이리 가오, 저리 가오, 시간이 되었소, 기차가 떠나겠소 하며 가르치는 사람은 최 주사의 부녀를 석별하러 온 김관일 부녀요, 정거장에 잠깐 나왔다가 학교에 동창회가 있다 하면서 기차가 떠나는 것을 못 보고 먼저 들어가는 사람은 구완서요, 철도 회사 복색을 입고 이리저리 다니면서 기차를 살펴보는 사람은 장거수라. 시계를 내어보더니 손을 번쩍 들며 호각을 부는데 호르륵 소리 한마디에 기차가 꿈쩍거린다.

기차 속에서 눈물을 머금고,

"옥련아, 아버지 모시고 잘 있거라."

하는 사람은 옥련의 모친.

기차 밖에서 목메인 소리로,

"어머니, 할아버지 모시고 안녕히 가시오."

하며 눈물을 씻는 사람은 옥련.

삿보를 벗어 들고 손을 높다랗게 쳐들고 기차 속에 있는 최 주사를 바라보며,

"만리고국에 태평히 가시오. 대한제국 만세."

소리를 지르는 사람은 김관일.

싱긋 웃으며 턱만 끄덕 하고 김관일 부녀가 선 것을 바라보는

사람은 최 주사이라.

기차의 연기 뿜는 고동 소리가 점점 잦으며 기차는 자동차같이 달아난다. 기차는 점점 멀어지고 연기만 남아서 공중에 서렸는데 눈물이 가득한 옥련의 눈이 기차 연기만 바라보고 섰다.

"이애 옥련아, 울지 말고 들어가자. 오래 서 있으면 철도 회사 사람에게 핀잔을 보고 쫓겨난다. 몇 해만 지내면 나도 귀국하고 너도 귀국할 터인데, 그렇게 섭섭하게 여길 게 무엇이냐. 네가 일본, 미국으로 유리표박하여 부모의 사생을 모르고 있을 때를 생각하여 보아라. 지금은 부모를 만나 보았으니 좀 좋은 일이냐. 이애 옥련아, 우리 이 길로 공원에 나가서 바람이나 쏘이고 구경이나 하자."

하면서 옥련을 데리고 공원으로 들어가니 석양은 만 리요, 샌프란시스코는 보이지 아니하더라.

옥련이 어머니와 이별하고 섭섭해 하는 모양이 실성을 할 것 같은지라, 그 부친이 중언부언하여 옥련을 위로하고 각기 호텔에 들어가더라.

옥련이 난리 중에 그 부모를 잃고 타국으로 유리할 때에 그 부모가 다 죽은 줄로 알고 있던 터이라. 일본 오사카 이노우에 군의 집에 있을 때 지내던 일을 말할지라도 학교에 가면 공부에만 정신이 쓰이고 집에 돌아오면 이노우에 부인에게 정도 들었고 조심도 극진히 하였고 동무를 대하면 재미있게 놀아도 보았는데 그럭저럭 부모 생각도 다 잊었으니, 미국에 온 지 사오 년 만에 천만의외에 그 부친을 만나 보고 그의 어머니가 생존한 줄을 알았는데 하루바삐 그 어머니 얼굴을 보고 싶으나 일변으로 생각하면 그 어머니가 살아 있는 것만 기뻐하며 얼굴에 희색이 만면하던 옥련이 그 어머니를 만나 보고 작별하더니 얼굴에 근심 빛뿐이라.

귀에는 어머니 소리가 들리는 듯하고 눈에는 어머니 모양이 보이는 듯하다. 평양성 난리 후에 어머니가 고생한 이야기를 하던 것과 워싱턴 정거장에서 그의 어머니가 떠나던 일은 옥련의 마음속에 사진같이 다 박혀 있다. 옥련이 지향 없이 혼잣말로,

"우리 어머니는 어디쯤이나 가셨누. 아버지도 여기에 계시고 나도 여기 있는데 어머니 혼자 우리나라로 가시는구나. 내 몸 둘이 되었으면 하나는 아버지 뫼시고 있고 하나는 어머니 뫼시고 있고지고. 우리 어머니가 평양성 중에서 십 년 동안을 근심 중으로 지내시고 또 혼자 평양으로 가시는구나. 나를 생각하시느라고 병환이나 아니 날까."

옥련이 그렇게 어머니를 생각하고 있는데 그 어머니 마음은 어떠할꼬. 옥련의 어머니는 남편도 이별하고 딸 옥련도 이별하였으니 그 이별은 겹이별이라. 그 근심이 오직 대단할 것 아니

언마는 옥련 모친의 마음이 그렇지 아니하고 도리어 기쁜 마음 뿐이라.

언마는 옥련 모친의 마음이 그렇지 아니하고 도리어 기쁜 마음

혈의 누

이인직 [李人植, 1862. 7. 27. ~ 1916. 11. 1.]

1862년 경기도 음죽(陰竹, 현재 이천)에서 태어났다. 일본 도쿄정치학교(東京政治學校)를 졸업하고, 러일 전쟁이 발발한 후 일본 육군성 1군 사령부 소속의 통역관으로 복무했다. 〈국민신보(國民新報)〉와 〈만세보(萬歲報)〉의 주필을 지냈으며, 한국 최초의 신소설 《혈의 누》, 《귀의 성》 등을 신문에 연재하였다. 1907년 7월에는 대한신문사(大韓新聞社)의 사장이 되었으며 이때 이완용과 두터운 친분 관계를 유지하는 등 친일을 하였다. 초기 신소설을 개척하였다고 평가받는다.

◆ **작품 개관**

〈혈의 누〉와 〈속 혈의 누〉는 한 소설이나 마찬가지다. 〈혈의 누〉가 1부라면, 〈속 혈의 누〉는 2부에 해당한다. 〈혈의 누〉는 주로 새로운 문명 등에 초점이 맞추어져 있고, 〈속 혈의 누〉는 자유연애 사상을 다룬다.

◆ **주요 등장인물**

옥련 난리 중에 부모를 잃고 갖은 고생을 한다. 일본을 거쳐 미국으로 건너 가 우등생이 되고, 구완서와 약혼한다.

구완서 옥련과 함께 미국으로 건너가 공부한다. 조선의 발전을 위해 열심이다.

최항래(최 주사) 옥련의 외할아버지. 상업으로 큰돈을 모았으나 가부장적이고 조선의 예법을 중시한다.

김관일 옥련의 아버지. 난리를 피해 미국으로 건너가 공부를 하다가 옥련의 소식을 알게 된다. 개화된 지식인이다.

최 씨 부인 옥련의 어머니. 옥련을 잃어버리고 죽으려고 하다 살아났다.

이노우에 일본 군의. 청일 전쟁 중 다친 옥련을 치료해 주고, 이후 오사카에 있는 자신의 아내에게 맡겨 교육한다.

이노우에 부인 쌀쌀맞아 보이나 옥련을 예뻐한다. 그러나 이노우에가 전사한 뒤 재혼하려 하자 옥련을 거추장스러워 한다.

◆ **줄거리**

　　혈의 누

옥련의 가족은 평양성 난리 중에 모두 흩어진다. 옥련의 어머니는 수상한 사내를 만나 위기를 겪었으나 일본군에 의해 구출된다. 옥련의 어머니는 며칠을 남편과 옥련을 기다려 보지만 아무 소식이 없자 죽기로 결심하고 대동강에 뛰어 내린다. 그때 우연히 고장팔과 사공이 부인을 구한다.

　평양성 난리가 진정이 된 후 부산에 살던 옥련의 외할아버지인 최 주사가 옥련의 집에 들른다. 최 주사는 딸이 죽으러 가기 전에 써 놓은 글을 보고 크게 슬퍼해 술에 취해 잠이 든다. 그러나 옥련의 어머니는 고장팔의 모에게 간병까지 받고 다시 집으로 돌아와, 술에 취해 잠든 최 주사를 깨운다.

옥련의 아버지 김관일은 난리 중에 외국으로 공부를 하러 떠난다. 최 주사는 딸을 부산으로 데려가려 하나 부인은 남편이 공부를 마치고 돌아올 때까지 평양에서 기다리겠다고 한다.

한편, 옥련은 피란 중에 부모와 헤어졌다가 다리에 총상을 입는다. 일본 적십자 병원에서 치료를 받은 후 다시 집으로 돌아오지만 어머니가 죽으러 간다고 써 놓은 글을 보고 다시 병원으로 돌아간다. 그 모습을 본 이노우에 군의가 옥련을 거두어 일본의 자기 집에 보내 공부를 시킨다. 예쁘고 똑똑한 옥련은 어린아이답지 않게 씩씩하게 살아간다. 이노우에 부인은 겉으로는 쌀쌀맞아 보이지만 옥련을 귀애한다.

그러던 어느 날 이노우에 부인은 호외를 통해 이노우에 군의의 전사 소식을 알게 된다. 이노우에 부인은 처음에는 옥련을 생각해 재혼하지 않으나 곧 옥련을 짐스럽게 여긴다. 삼 년간 눈치를 보던 옥련은 죽을 작정을 했다가 어머니 꿈을 꾼 뒤 죽을 마음을 접고 집을 나온다. 그러던 중 무작정 탄 기차에서 구완서를 만난다. 구완서는 옥련에게 자신과 함께 미국으로 가서 공부를 하자고 권한다.

미국으로 건너가 열심히 공부를 한 옥련은 우등생이 되고 마침내 신문에 이름이 난다. 미국에 공부하러 와 있던 아버지 김관일은 그 기사를 보고 자기 딸이 아닌가 생각해 신문에 광고를 낸다. 광고를 통해 부친과 해후한 옥련은 어머니도 살아 있음을 알게 된다. 두 사람은 구완서를 만나 혼인 이야기를 나누고 조선을 위해 몸을 바칠 것을 의논한다.

평양에서는 옥련 어머니가 하릴없이 외롭게 지내고 있다가 미국에서 옥련이 보낸 편지를 받는다.

속 혈의 누

최 주사는 재물은 많지만 아들이 양자고, 딸은 외롭게 평양에 있으며, 외손녀 옥련이 죽은 줄 알고 있어 슬프다. 마침 딸이 와서 옥련이 살아 있음을 알리고 미국으로 건너가겠다고 한다. 최 주사는 양자와 서기에게 집일을 맡기고 딸과 함께 미국으로 가는 배에 오른다.

김관일은 장인에게서 아내와 함께 오고 있다는 전보를 받는다. 옥련도 드디어 보고 싶었던 어머니를 만나게 되어 크게 기뻐한다. 삼 주일 후, 떠날 무렵이 되자 옥련의 결혼 이야기가 나온다.

최 주사는 조선의 예절을 중시하는 사람이라 조선으로 돌아가 혼인을 한 후에 다시 미국으로 건너갈 것을 주장한다.

다른 사람들은 최 주사의 눈치만 보는데 구완서는 다시 돌아가는 것은 공부에 방해가 될 것이고, 일찍 결혼하는 것이 좋은 것이 아님을 말한다. 구완서는 나라를 위해 공부하기로 마음을 먹었으니 정 그렇다면 옥련에게 조선으로 건너가 남편을 찾으라고 말한다. 최항래는 그런 구완서가 못마땅하면서도 결국 두 남녀의 공부가 끝나면 귀국 하는 대로 결혼을 하기로 한다.

어머니와 외할아버지는 돌아간다. 옥련은 다시 혼자 지낼 어머니가 걱정스럽지만, 옥련의 어머니는 딸이 대견하고 기쁠 뿐이다.

이인직의 친일 성향

이인직이 태어났을 때는 철종 12년(1862년)으로, 나라의 힘이 약하고 외세의 압력에 시달리던 시기였다. 이인직은 이때 태어나 국가의 지원을 받은 관비 유학생으로 일본에 건너가서 도쿄정치학교에서 공부하였다. 이후에는 귀국하여 일본 육군성에서 통역관으로 일하였다.

이인직의 눈에는 망해 가는 조선은 부정적으로, 새롭게 부상하는 일본은 긍정적으로 보였다. 일본이 강대국이 될 수 있었던 것은 불합리하게 여겨지는 과거의 것을 재빨리 버리고, 서구의 문물을 재빨리 받아들였기 때문이라고 생각했다. 그래서 이인직의 소설을 보면 그가 추구한 문명이 어떤 것인지 알 수 있다.

이 작품에서 조선 관료들은 무능하고 부패한 모습으로 그려진다. 평양 감사는 평양도 일대를 통치하는 관찰사로, 지금의 도지사 정도에 해당하는 높은 벼슬이다. 그런데 평안도 백성에게 평양 감사는 지옥의 염라대왕과 같은 존재로 보인다. 게다가 백성의 재물을 마구 빼앗고 백성의 목숨까지 우습게 안다. 또 평양이 청일 전쟁으로 쑥대밭이 되어도 평양 감사는 백성을 보호하기는커녕 어디 갔는지 알 수도 없다.

부패한 조선 관료들과 달리 일본군은 상당히 긍정적으로 그려진다. 먼저 옥련 어머니가 갈 곳을 잃고 떠돌다 일본 헌병부에 잡혀갔을 때를 떠올려 보자. 헌병장은 통역을 통해 옥련의 어머니 신세를 듣고 불쌍히 여겨 군대에서 하룻밤을 보호해 주고 다음날 돌려보낸다.

옥련이 총알에 부상당했을 때도 일본군 간호사는 옥련을 치료해 주고, 일본군 소좌 이노우에는 옥련을 거두어 공부까지 시킨다. 옥련이 맞은 총알도 청나라 군대의 것은 독약을 섞은 것으로 묘사되는 반면, 일본군의 총알은 부상만 당할 뿐 치료하기 쉬운 것으로 그려진다. 이노우에가 전사한 후 그의 아내도 재혼

문제 때문에 옥련을 멀리하기 시작하는 것이며, 그 전에는 옥련에게 친절했다.

이인직이 일본에서 유학 생활을 했다는 점, 한일 합방을 추진했다는 점 등이 그가 소설을 쓸 때 일본에 대해 긍정적인 시선을 가진 한 요인이 되었다. 이인직에게 일본은 본받아야 할 대상이었고, 그 문명을 하루빨리 받아들이는 것이 옳은 일로 여겨졌다.

새 시대를 열어 갈 젊은 지식인인 구완서의 생각은 곧 작가가 바라는 미래상이라고 해도 과언이 아니다. 구완서는 미국에서 공부한 뒤 귀국하여 나라를 강하게 만들 생각을 가지고 있으며, 옥련 역시 여성의 권리 신장과, 교육 문제에 관심을 갖는다. 그러나 이 생각에는 일본과 조선, 만주를 하나의 나라로 합치고, 그 가운데 하나의 지역으로서 조선이 존재해야 한다는 내용이 들어 있다. 이 생각은 물론 일본이 조선을 식민지로 삼기 위한 주장이었다. 이런 점들이 이인직을 친일 작가로 보게 되는 이유이다.

갈등이 약한 소설

이 작품에서는 등장인물 간의 갈등이 그다지 보이지 않는다. 대신 우연성과 낭만적 해결이 그 자리를 대신한다.

위험에 처해 있던 옥련 어머니는 어떤 남자에게 봉변을 당할 뻔하다가 우연히 헌병들에 의해 구조된다. 집으로 돌아와서는 죽을 마음을 먹고 대동강 물에 몸을 던지지만, 역시 우연히 사공과 고장팔에 의해 살아난다. 목숨을 살려준 대가로 사공이나 고장팔이 무슨 요구를 하는 것도 아니다. 옥련도 전쟁 중에 총에 맞은 상처를 우연히 일본군이 치료해 주고, 친절한 이노우에 군의에 의해 일본 오사카로 건너가 공부한다.

이노우에의 아내는 겉으로 보기에는 쌀쌀맞아 보이지만 옥련에게 잘 대해 준다. 이노우에의 아내가 옥련을 멀리하는 것은 재혼 때문이다. 이노우에의 집을 나온 옥련은 우연히 구완서를 만나고, 구완서는 친절하게 옥련을 미국으로 데리고 가 학비를 지원해 준다. 이후 김관일이 딸 옥련의 소식을 알게 되는 것도 우연히 신문을 통해서다.

옥련의 외할아버지 최항래는 구완서와 옥련의 신식 결혼이 마음에 들지는 않지만 심하게 반대하지도 않는다. 이런 유의 소설에서 으레 나타나는 집안 어른들의 강력한 반대와 그로 인한 갈등도 없다. 구완서와 옥련의 연애는 순조로우며, 별다른 방해가 없다.

정리해 보면, 이 작품에서 인물 간의 갈등은 거의 보이지 않는다. 전쟁으로 인해 가족이 흩어지고 그로 인한 고생은 있지만, 현실감 있고 심각하게 그려지기보다 행복한 결말을 위한 과정처럼 보인다. 갈등 대신 여러 번의 우연을 통해 소설을 전개하며, 대부분 착한 인물이 등장한다. 우리가 이 시기의 소설을 특별히 '신소설'이라고 부르면서 '현대 소설'과 구별하는 것은 바로 이 때문이다. 아직 소설이 본격적으로 발달하기 이전 단계에 있었던 신소설은 우연성이 자주 사용되고 다양한 인물이 등장하는 경우는 드물다.

◆ 작품의 감상과 수용
여성의 해방과 자유연애

이 작품의 주인공은 옥련이다. 자신의 삶을 스스로 개척하고, 신문물을 배우며, 자유연애를 하는 옥련은 당시의 많은 여성이 본받고 싶어 하는 인물이었다.

당시 여성은 남성보다 신문물을 공부하는 기회가 훨씬 적었다. 옥련은 학문을 공부하였으며, 세상을 보는 눈도 뛰어나다.

구완서보다 영어를 더 잘하는 부분에서는 여성이 남성보다 뛰어날 수 있다는 작가의 생각도 나타난다.

이노우에 부인의 경우 남편이 죽자 큰 고민 없이 재혼을 하려 한다. 남편이 없는 과부에게 재혼이 큰 문제가 아니며, 재혼을 하는 것이 더 자연스러운 일처럼 보이기도 한다. 자식과 남편을 잃자 죽으려고 했던 옥련의 어머니가 작품의 마지막 부분에서는 미국에 옥련을 남겨 두고 가면서도 오히려 자랑스러워하고 기뻐하는 대목도 주목할 만하다. 옥련의 어머니 역시 한층 더 진취적인 생각을 갖게 된다.

◆ **작품에 반영된 현실**

청일 전쟁과 유학

이 작품은 청일 전쟁을 배경으로 시작한다. 조선을 서로 갖기 위해 청나라와 일본군이 각각 군대를 파병하고, 조선은 두 나라의 전쟁터가 된다. 평양은 당시에는 조선에서 상당히 큰 대도시였고, 상업과 문화가 발달한 곳이었다. 다른 지역에 비해 자유로운 분위기가 강한 곳이기도 했다. 이러한 평양이 청일 전쟁으로 인해 전쟁터가 된다.

옥련의 방랑도 청일 전쟁에서 시작된다. 청일 전쟁 때문에 온 가족이 흩어지고, 우여곡절 끝에 다시 만난다. 작품이 해피엔딩으로 끝나기 때문에, 청일 전쟁은 옥련에게 기회가 된 셈이다. 전쟁 때문에 옥련은 일본으로 건너가 신문물을 공부할 수 있었고, 다시 미국으로 건너가 더 많은 신학문을 배우게 된 것이다. 옥련이 여성의 권리에 대해 생각하고 귀국하여 교육 문제에 참여하려는 것도 신학문을 배웠기 때문이다. 옥련이 자유연애를 하고 약혼을 할 수 있게 된 것도 청일 전쟁으로 인한 떠돌이 생활 때문이었다. 아이러니하게도 청일 전쟁이 옥련을 신여성으로 만들었다.

이 작품에서는 나이가 있는 사람이건, 어린 사람이건, 남자건 여자건 할 것 없이 유학에 오른다. 당시 유학은 개인의 발전뿐만 아니라 국가와 민족에 대한 사명이기도 했으며 기회만 된다면 누구나 나가서 배워 올 만한 긍정적인 것이었다. 보수적인 옥련 외할아버지가 결국 구완서와 옥련의 뜻을 꺾지 못한다는 점도 눈여겨 볼 만하다. 옥련 어머니가 옥련을 두고 먼저 조선으로 돌아가면서 도리어 기쁜 마음이라는 점도 마찬가지이다. 이 소설은 시종일관 신문물에 대한 긍정적인 메시지를 전한다.